버스
생활자 시점

버스 생활자 시점

일상에서 사람을 만나고 삶을 배운 순간들

초 판 1쇄 2024년 03월 22일

지은이 양윤희
펴낸이 류종렬

펴낸곳 미다스북스
본부장 임종익
편집장 이다경
책임진행 김가영, 윤가희, 이예나, 안채원, 김요섭, 임인영, 권유정

등록 2001년 3월 21일 제2001-000040호
주소 서울시 마포구 양화로 133 서교타워 711호
전화 02) 322-7802~3
팩스 02) 6007-1845
블로그 http://blog.naver.com/midasbooks
전자주소 midasbooks@hanmail.net
페이스북 https://www.facebook.com/midasbooks425
인스타그램 https://www.instagram/midasbooks

ISBN 979-11-6910-560-6 03810

값 17,500원

일상에서 사람을 만나고 삶을 배운 순간들

버스 생활자 시점

글 양윤희 그림 붓양

미다스북스

들어가는 글

사람은 사람을 통해서 배운다

아이들을 차에 태워 출근했다. 유치원, 어린이집에 한 명씩 내려 주고 학교로 갔다. 정신없는 아침, 아이들까지 태우고 출근하는 길은 '지각하면 안 돼'라는 하나의 목표뿐이었다. 어린이집과 유치원에 아이들을 내려 주고 학교로 출근하기 바쁜 날들.

아이들이 자라서 학교에 가고, 집 앞 어린이집을 다니면서부터는 홀로 버스에 몸을 실었다. 출근하기까지 쉬운 여정은 아니지만 드디어 내게도 여유가 생겼다. 심지어 혼자 있는 시간이다. 버스 안에서 누리는 나만의 시간.

자차로 다니지 왜 버스를 이용하냐고도 하지만 나는 버스를 타길 백번 잘했다고 생각한다. 운전하느라 신경 쓰지 않아도 되고, 자고 싶으면 잘 수 있고, 따로 운동 시간을 내지 않아도 기본 6천 보는 확보가 되었다. 게다가 교통비는 차 기름값에 비할 바가 아니었다.

서울 시내는 차가 막히지 않는 시간이 거의 없다. 어느 길이든 교통량이 많아서 버스 타기가 부담스러웠다. 그런데 버스전용차로가 생긴 뒤로 달라졌다. 버스전용차로로 버스가 달리니 상대적으로 교통체증의 부담을 덜었고 버스나 지하철로 환승이 가능해져서 교통비는 물론 시간을 단축하는 데 한몫했다. 그러니 버스를 이용하는 데 큰 불편이 없었다. 서울만큼 대중교통이 잘 되어 있는 곳이 또 있을까?

새로 발령받은 학교는 서울 시청과 광화문 사이에 있어서 출근하면서도 약속 장소에 나가는 듯 늘 기분이 좋았다. 출퇴근길이 서울 중심가를 관통하다 보니 차창 밖으로 볼거리들이 많았다. 광화문 일대에 늘어선 멋진 빌딩들도 감상하고 다양한 음식점, 옷 가게, 카페 등을 보는 재미가 있었다. 광화문, 청계천, 시청을 지나면서 때에 따라 열리는 문화행사 또는 집회, 선거 운동 등을 보면 굳이 뉴스를 보지 않아도 실시간으로 확인하는 현장감이 있었다. 많은 사람이 오가는 거리에서 나의 관찰력은 날로 좋아졌다. 지나다니는 사람들을 보고, 올해의 유행을 느끼기도 하면서 말이다.

반포대교를 지나 용산, 남산 3호 터널을 지나면서는 매일 같은 길이라도 사계절의 변화를 보는 재미가 있었다. 도심을 지나오면서 자연을 즐길 수 있으니 이 또한 감사한 일 아닌가. 아이들을 찾아야 한다는 바쁜 마음을 내려놓고 온전히 자연을 감상할 수 있는 힐링 타임이었다. 차창을 여는 것을 별로 좋아하지 않았지만 가끔은 창밖에서 불어오는 바람이 그렇게 시원할 수가 없었다. 바람에 나부끼는 머릿결을 따라 근심 걱정도 다 사라지는 기분이 들곤 했다.

창밖으로 보이는 풍경을 보면서는 마음을 평안하게 할 수 있었고, 버스 안에서 겪는 크고 작은 일들은 향수를 불러일으켰다. 버스 요금, 버스 승차권의 변천사를 생각나게 했다. 버스를 타고 다니던 학창 시절을 떠올렸다. 나이가 어린 승객을 보면 나의 어린 시절을, 어르신을 보면 나의 노후를, 그렇게 다른 사람을 통해 내 삶을 돌아보는 시간이 저절로 찾아 들었다. 버스를 타고 오가는 한 시간은 타임머신처럼 나를 과거로, 현재로, 미래로 순식간에 이동시키곤 했다.

해결하지 못한 일상의 여러 문제를 버스 안에서 궁리해 보기도 하고, 그저 아무 생각 없이 창밖을 내다보기도 하고, 피곤하면 곤히 잠들기도 하고. 그렇게 버스 승객으로 누릴 수 있는 것들을 잘 누리면서 나는 버스 애호가가 되었다.

대중교통을 이용할 때면 단연코 버스 노선을 먼저 검색한다. 한때는 정확한 시간에 도착할 수 있고 지하철역 입구를 만남의 장소로 정하는 게 편해서 지하철을 많이 이용했다. 그러나 버스를 타고 느낄 수 있는 낭만은 포기할 만한 것이 아니었다.

이 책은 버스 안에서 겪은 일, 들은 일, 생각한 일들로 엮는 에세이 모음이다. 버스 승객이라면 누구나 한 번쯤 겪어 봤을 이야기들. 그 이야기들로 독자에게 말을 걸어 본다. 사람은 사람을 통해서 배운다고.

일상에서 글감을 캐는

양윤희

차 례

3장 버스에서 인생을 배우는 시간

4장 버스는 추억을 싣고

1장

버스에서 마주한 삶의 이야기

미루어 짐작하지 말고 긴가민가할 때는 솔직하게 물어보면 될 일이다. 버스 안에서 내가 한 오해는 **'넘겨짚기 금지'**라는 교훈을 남겼다.

정류장에서 벌어진 007작전

아침 6시.

졸린 눈을 비비고 겨우 눈을 떴다. 더 자고 싶어도 '5분 만 더'가 가져올 부산함이 싫어 일어난다. 혼자 준비해서 홀가분하게 나가면 좋으련만, 아침부터 신경 쓸 일이 많다. 저녁에 씻어둔 아이들 급식 통, 수저통, 물통을 챙겨 가방에 싸 두고, 아침으로 삶은 계란, 과일 등을 식탁에 차린다. 그리곤 아이들을 깨우고 못 다한 출근 준비를 마저 한다. 잠이 덜 깬 찬누리(아들 필명)는 눈을 감은 채 옷이

입혀지는 대로 머리를 넣고, 팔을 뻗어 티셔츠를 입는다. 다리도 친절히 뻗어 준다. 고양이 세수, 입에 넣었다 빼는 양치질을 하면 등원 준비가 끝난다. 내 가방, 아이 가방을 어깨에 메고 집을 나선다.

통통한 아이 손을 잡고 어린이집으로 가는 길.

아이의 손을 잡고 걸으면 기분이 좋다. 정신없던 출근 준비시간도 귀여운 아이 손 덕분에 진정된다. '가야 하나 보다.' 하고 엄마 손잡고 나오는 아이가 기특했다.

"아침에 잘 일어나 줘서 고마워. 이렇게 아침 일찍 등원하는데 짜증 한 번 안 내고 엄마는 찬누리에게 정말 고마워."

아이에게 고백하듯 진심을 전하고, 아이를 어린이집으로 들여보낸다.

빠른 걸음으로 버스 정류장으로 간다. 신호등은 빨간불. 건널목에서 내가 탈 버스 뒤꽁무니를 보면 격한 감정이 순식간에 올라와 탄식이 저절로 나온다. '아~ 왜 벌써 가는 거야?' 말 같지도 않은 불평이 나온다. 택시도 아니고 버스가 제시간에 왔다 가는 것을 어쩌라는 말인가? 버스를 놓친 안타까움을 뒤로 하고 버스 전광판을 본다. 버스 전광판에서 버스 도착 시간을 확인한다. 정류장에 전광판이 없었을 때는 하염없이 버스를 기다렸는데 이제 버스가 오는 시간을 바로 알 수 있으니 참으로 편리한 세상이다.

버스를 기다리면서 그 틈새 시간에도 할 일을 찾았다. 시간을 그냥 흘려보내면 아깝다는 생각이 언제부터 들기 시작했다. 가만히 있는다고 누가 뭐라 하는 것도 아닌데 말이다. 버스를 기다리는 시간에 따라 할 일이 다르다. 짧은 시간이면 그냥 서 있고, 5분 이상 남았을 때는 스마트폰을 본다. 코로나 시국에는 건강 상태 자가 진단 앱을 체크하곤 했다. 아이 건강 상태, 내 건강 상태를 기록하는 것이 출근길 루틴이었다.

아침 출근 버스는 143번이다. 143번 버스는 종로를 지나기 때문에 직장인들이 많이 탄다. 고속버스터미널 정류장에서 버스 승객의 30%, 많게는 50%가 채워진다. 고속터미널 정류장에서 종로까지는 20분이 넘게 걸린다. 그 시간 동안 만원 버스에서 시달리고 싶지는 않다. 더 자고 싶은 욕구를 참고 출근길에 나선 사람들도 있을 테니 출근길 버스 자리는 더 소중하다.

143번 버스가 정류장에 들어올 때 진풍경이 펼쳐진다. 버스를 갈아타는 사람들, 지하철에서 내려 올라온 사람들, 집에서 나온 사람들. 이곳저곳에서 사람들이 고속터미널 버스 정류장으로 모여든다. 143번 버스가 우회전하고 버스 머리가 저 멀리에서 보이면 눈치 빠른 승객들이 움직이기 시작한다. 버스가 어디쯤 설 것인지 예상하여 자리를 잡는다.

정류장에 들어선 버스가 없을 때는 143번 버스가 정류장 맨 앞에 설 것이다. 그것을 예상한 승객들은 정류장 앞으로 모여들어 예상지점에 줄을 서기 시작한다. 정류장에 들어선 버스들이 있는데 신호등이 빨간불로 바뀌었다. 143번 버스가 중간쯤 설 것 같다. 승객들은 중간 지점으로 발걸음을 움직인다. 종종걸음, 빠른 걸음, 냅다 뛰기도 하면서 저마다의 속도로 143번 버스 탑승을 선점하려는 눈치싸움이 시작된다. 143번 버스가 정류장 맨 뒤에 설 것 같다. 신호등도 빨간불이다. 눈치 빠른 승객들은 달리기 시작한다. 정류장 저 뒤에 선 143번 버스에 '내가 먼저 오르리라~!'

143번 버스를 타고 다닌 지 3년 차가 되었다. 나도 눈치가 늘었다.

'어디쯤 서서 버스를 탈까? 버스 문이 내 앞에서 열려야 될 텐데….'

피곤이 풀리지 않은 상태라 앉아서 가고 싶은 마음이 굴뚝 같다. 내 마음이나 당신들 마음이나 매한가지라 소리 없는 눈치싸움은 계속된다. 남녀노소를 불문하고 앉을 자리 하나가 그렇게 간절하다. 자리를 차지하고는 안도의 한숨을 쉰다. '아~ 앉았다!' 무슨 007작전도 아니고 아침부터 자리 쟁탈전이다.

아침이라 에너지가 충만한 상태면 좋겠는데 실상은 그

렇지 않다. 의자에 앉아서 부족한 잠을 청하거나, 스마트폰을 보거나 하면서 몸도 마음도 시동을 걸어 주어야 정신이 든다. 그러니 아침 출근 버스에 앉을 자리는 누구나 필요하지 않겠나. 모두가 앉아서 갈 수 있으면 좋으련만….

앉아서 가는 날은 운이 좋은 날이다. 버스에 일등으로 올라타도 이미 만석인 경우가 많다. 마음을 비우고 차창밖을 바라본다. 창밖으로 보이는 푸른 하늘 그리고 윤슬이 비치는 한강을 보면 잠시나마 기분이 좋아진다. 자연은 긴장된 감정을 풀어 주는 힘이 있다. 앉아서 가려고 아등바등한 마음도 자연 앞에서는 바람처럼 사라진다.

하지만 그것도 잠시. 반포대교를 지나 다음 버스 정류장부터 승객들이 꾸역꾸역 버스 안으로 밀고 들어온다. 남산 3호 터널을 지나기 직전까지 승객들로 가득 채워진 버스. 이리저리 흔들리는 몸이 옆 사람에게 부딪치지 않도록 팔과 다리에 힘을 준다. 흔들리는 버스 손잡이에 겨우 의지하고 섰다. 가끔 그럴 때 올림픽 체조 경기가 생각난다. 남자 체조 선수들이 '링'에 매달려 체조 경기를 펼치는 장면이다. 마치 내가 체조 선수인 양, 버스 천장에 달린 손잡이 링에 의지해 흔들리는 몸을 가눈다.

다음 정류장에 설 때마다 버스 안에서는 미세한 자리 정렬이 일어난다. 옆으로, 옆으로, 뒤로, 뒤로, 더 들어찰 곳이 없으니, 버스 뒷문이 열린다. 앞문으로 뒷문으로 다리 하나 올려놓으면 어느새 자리가 난다. 그렇게 버스 안 승객들을 밀어붙이고 나면 또 한 자리가 생긴다. 밀어붙이고 타는 사람도 있고 다음 차를 기다리는 사람도 있다. 아침부터 선택의 연속이다.

그렇게 버스 안을 가득 채우고 버스는 다음 정거장으로 출발한다. 터널을 지나 다음 정거장 서울애니메이션센터에서 승객들이 내리기 시작한다. 한 무리의 승객이 하차하고 다음 정거장인 롯데 영플라자에서 또 한 무리의 승객이 하차한다. 그리고 다음 정거장 우리은행 종로 지점을 지나면 버스가 텅 빈 듯 여기저기 빈자리가 생긴다. 여백의 미는 버스에서도 느낄 수 있었다.

버스를 타고 다니면 이렇게 힘들구나 싶다가도, 사람의 마음은 참 간사하다. 내가 앉아 있기만 하면 전혀 힘들지 않다. 승객이 많든 적든, 차가 빨리 가든 천천히 가든, 마냥 너그러워진다. 그러니 출근길 버스 정류장에서 007작전이 벌어지는 게 아니겠는가.

나도 어느새 요원이 되어가고 있다.

잔소리는 1절만

버스는 남산 3호 터널을 빠져나왔다.

남산에 올라갔다 왔는지 등산복 차림의 아주머니 두 명이 버스에 올라탔다. 둘이 앉는 좌석에 나란히 자리를 잡고 앉았다. 앉자마자 아주머니들은 이야기를 나누기 시작했다. 할 이야기가 많았는지 하하 호호 웃음이 끊이질 않고 대화는 계속 이어졌다. 쑥덕거리던 소리는 어느새 버스 안 승객이 모두 들을 만큼 커졌다. 들으려 하지 않아도 그들의 대화가 귀에 쏙쏙 들어왔다. 계속 듣고 있자니 평안히 가고 싶은 내 마음에도 빨간불이 들어왔다. 그때였다. 앞자리에 앉은 아저씨가 훈수를 두었다.

"조용히 좀 하세요!"

순간 버스 안에 정적이 맴돌았다. 아저씨의 말씀은 옳았다. 듣고 싶지 않은 이야기도 듣게 되고 아주머니 두 분이 나누는 대화는 버스 안의 정적을 깨는 소음이 되고 있었으니 말이다. 아주머니들도 '아차~' 싶었는지 더 이상 아무 말이 없었다. 그러니 그만하면 됐다. 그런데 아저씨는 그 분위기에서 2절 3절을 더하는 게 아닌가!

상대방이 아무 말 않고 가만히 있으니, 더 소리 높여 한 수 가르치겠다는 듯 말을 쏟아 냈다.

"사람들이 버스에서 다른 사람들 생각은 안 하고 그렇게 크게 이야기하면 되는 거요? 당신들이 전세 낸 버스도 아니고, 아주 시끄러워서 원~ 말을 하고 싶으면 내려서 하든지 해야지. 버스 안에서 뭐 그리 큰 소리로 이야기하는 거요. 에이~ 쯧."

내가 들은 훈수도 아닌데 내 안에서 '그만~' 하는 외침이 일어났다. "조용히 좀 합시다!" 그 한마디면 충분했다. 얼마나 깔끔한가. 짧고 굵은 한마디면 통쾌했는데…. 굳이 2절 3절을 해서는 도리어 눈살을 찌푸리게 했다. 아주머니들이 끝내 아무 말 안 했지만, 나중에는 짜증이 났을 거다. 감정은 감정을 부른다.

이 장면에서 내게 '아~!' 하는 순간이 왔다.

학교에서도 집에서도 마찬가지라는 사실이다. 아이들과 함께 있는 시간이 많다 보니 나도 어느새 잔소리꾼이 되었다. 나는 훈계, 훈육이라 말하지만, 아이들은 잔소리로 듣는다.

잔소리

1. 쓸데없이 자질구레한 말을 늘어놓음. 또는 그 말.

2. 필요 이상으로 듣기 싫게 꾸짖거나 참견함. 또는 그런 말.

–『표준국어대사전』

우리 집 글고운(딸의 필명)은 언제부터인가 나의 훈계가 계속되면 사팔뜨기 눈을 한다. 아이를 위해서 하는 말이라 조곤조곤 이야기하는데도 어느 정도 시간이 흐르면 글고운의 시선은 갈 곳을 잃는다. 이야기한 지 얼마 되지도 않았는데, 그만 나가도 되냐고 묻는다. 내 말이 안 끝났는데 그 말을 들으면 정말 화가 난다. 필요해서 하는 소리인데 아이가 귀담아듣지 않으니, 화가 날 수밖에. 훈육에 화를 더 얹어서 쏟아내곤 했다.

시간이 지나고 그 순간을 되돌아보니, 사팔뜨기 눈을 할 때부터 안 듣겠다는 의지를 보인 건데, 그런 아이를 붙잡고 계속 옳은 말이라고 해 댔으니. 쇠귀에 경 읽기가 따로 없었다. 이제는 폭풍 잔소리가 나오기 전에 크게 심호흡 한 번 하고 그냥 내보낸다.

학교 아이들은 또 어떤가? 당연히 훈계가 필요한 상황에서 이야기를 시작한다. 초점을 잃은 아이들이 한 명, 두 명 눈에 들어온다. 여기저기서 작은 한숨 소리가 들린다.

'그만해야겠네…….'

아무리 맞는 말이고 필요한 말이어도 듣고 싶은 말은 아니다. 그렇다면 나 역시 짧고 굵게 딱 한 번만 말하고 말아야 한다.

소설가 은희경은 '잔소리'를 이렇게 표현했다.

"듣는 사람 자신도 너무나 잘 알고 있는 옳은 말이 반복된다는 점에서 사람을 짜증 나게 한다."

— 엄지혜, 『태도의 말들』, 유유, 2019년 2월

이 글을 읽다 보니 웃음이 났다.

시어머니가 나에게 한 말이 생각났기 때문이다. 우리 집 책상 가득 꽂혀 있는 책을 보시더니 말했다.

"이런 책(자기계발서)도 읽고 실천 안 하면 말짱 도루묵이다. 이런 책 읽지 말고 성경책을 읽어라."

옳은 말씀이다. 자기계발서라는 게 특히 그렇다. 남의 성공 신화를 읽고 감동만 받거나, 동기부여만 받고 실천하지 않으면 읽으나 마나 아니겠나. 그런데 나는 어머니 말씀대로 성경책을 매일 읽지는 않는다. 꾸준히 읽는 시기도 있고, 그렇지 못한 날들도 있다.

그러고는 몇 달이 지났나 보다. 육아 휴직 중인 나에게 시어머니는 아이들 학교 보내고 나면 성경책을 읽으라고 했다. 또 한 번 성경책 읽을 것을 권했다.

나도 여러 종류의 책을 읽으면서 '성경 말씀이 최고의 진리구나!' 하고 생각했고, '이책 저책 사다가 책장을 가득 메우지 말고 성경책을 여러 번 읽는 게 낫겠다!'라는 결론에 이르기도 했다. '하늘 아래 새것이 없다.'라는 성경 말씀이 떠오르면서 말이다. 그랬지만 나는 여전히 성경책은 어쩌다 한 번씩 보고, 내가 읽고 싶은 서적은 책상 위에 가득 쌓아 두고 본다. 시어머니의 말씀에 동의하고, 나 역시 알고 있는 내용이지만 실천하지 않는 나를 보면서, 나의 옳은 말을 흘려넘기는 내 아이와 제자들이 겹쳐 보였다. 그래서 또 한 번 웃었다. 듣는 아이들도 너무나 잘 알고 있을 옳은 말은 딱 한 번만 하자고 다짐하면서 말이다.

나이가 들어도 부모님 잔소리에 똑같은 반응인 걸 보면 잔소리할 필요가 있을까 하는 생각도 든다. 그래도 부모로서, 교사로서, 내 자식과 내 제자가 잘되길 바라는 마음은 변함이 없다. 아이들을 볼 때마다 바른 소리가 계속 떠오른다.

훈육 없이 아이를 교육할 수는 없겠지만 말보다는 행동으로, 바른말도 한 번만 하기로 마음을 정해 본다. 오늘 버스에서 내게 남은 교훈이다.

잔소리는 1절만!

꽃다발이 장애물 되는 순간

아침 출근길 버스 안, 발 디딜 틈 없이 승객들로 가득했다. 교통카드를 찍고 버스 안쪽으로 들어가려니 마땅한 자리가 없었다. 마침 한 여성 승객이 버스 안쪽으로 들어가고 설 자리가 났다. 자연스럽게 그곳으로 발길이 갔다.

'앗!'

그 승객이 왜 그 자리를 떴는지 이유를 알게 되었다.

고속버스터미널 상가에는 꽃 백화점이 있다. 이른 새벽

부터 꽃을 사러 오는 사람들이 많다. 그래서 아침에는 꽃을 한 아름 안고 버스에 타는 승객들이 더러 있다. 한 할아버지가 꽃다발을 여러 개 샀는지 기사님 뒤쪽 두 번째 좌석에 앉고는 꽃다발은 버스 좌석 옆 바닥에 내려놓았다. 누구라도 밟으면 난감한 일이 생길 모양새다. 다닥다닥 붙어 서 있는 승객들이 설 자리도 마땅찮은데 한 아름의 꽃다발이 자리를 차지하고 있다니…. 할아버지는 꽃다발 앞에 누가 서면 큰 눈을 부릅뜨고 승객 한 번, 꽃 한 번, 번갈아 가며 쳐다봤다.

'꽃 밟지 마!'라고 말하는 듯한 레이저 눈빛 발사!

'아니, 꽃다발을 본인 앞쪽에 두면 되겠는데, 왜 바닥에 내려놓고 사람들 불편하게 해!' 하는 불만의 소리가 목 끝까지 차올랐다.

'할아버지한테 말해 볼까?' 하다 이내 마음을 접었다. 상대방이 응하지 않는 경우, 아침부터 마음 상할 일을 굳이 만들고 싶지는 않았다.

'할아버지가 쏜 눈빛보다 더 강한 눈빛 레이저로 꽃 한 번 보고, 할아버지 앞 빈자리 한 번 보고, 꽃 한 번 보고, 자리 한 번 보고 할 걸 그랬나?' 하고 상상하다 코웃음 짓고 나도 버스 뒤쪽으로 자리를 옮겼다.

자리를 옮기고 나니 마음이 편했다. 흔들리는 버스 안에서 몸을 가누기도 힘든데 발마저 신경을 써야 한다니…. 좀 전 자리는 스트레스 그 자체였다. 할아버지는 승객들이 불편할 수 있다는 생각은 못 하는 듯했다. 꽃을 상하지 않게 잘 가지고 가는 게 최고의 임무 수행이었을 터다. 오직 하나의 목표가 있었기에 다른 사람까지 생각할 여유는 없었나 보다.

불평하던 나의 마음을 접어두고 다시 창밖을 보았다. 이만한 일로 내 감정을 거북하게 만들 필요는 없었다. 문득 교실이 생각났다. 초등학교 아이들과 함께 지내다 보면 잔소리할 일이 계속 생기는데 그중 하나가 아이들이 물건을 아무 데나 두는 것이다.

예전에는 책상에 걸어둔 가방이 떨어지면 아이들이 가

방을 제자리에 다시 걸어두었다. 그런데 시간이 지나면 지날수록 가방이 떨어지든 옷이 떨어지든 줍는 법이 없다.

'아니 자기 물건이 교실 바닥에 뒹굴고 있는데 왜 안 줍는 거지?'

아이들은 관심이 없었다. 자기 물건이 떨어져 있는지 아닌지 눈에 들어오지도 않아 보였다. 쉬는 시간에는 친구들하고 노느라 정신이 없고, 수업 시간에는 공부하느라 그러는지 물건 따위는 안중에 없다. 그러다 보니 가방이며 옷이며 가끔은 학습지도 교실 바닥에 떨어져 있다. 지나가는 누군가가 걸어 준다거나 주워 준다거나 하지도 않는다. 밟고 지나간다. 바닥을 보면서 걷지는 않았다. 내가 가야 할 곳, 내가 해야 할 것만 생각하면서 걷나 싶었다.

떨어진 가방을 가지런히 걸고 떨어진 물건을 줍는 연습을 하지 않고 자란다면, 오늘 버스 안 꽃들은 다 밟히지 않았을까? 아마도 그런 일들이 생길 수도 있겠다 생각했다.

'라떼는 말이야~'라고 하면 꼰대라는데 아이들 앞에서 옛날이야기를 안 할 수가 없다.

연필 한 자루도 귀했던 시절이 있었다. 생일 선물로 연필 한 다스를 받고 정말 좋아했던 기억이 아직도 선명하게 남아 있다. 일고여덟 살 정도였을 것이다. 분홍색 회오리처럼, 돌돌이 연필인데 그 연필 한 다스가 그렇게 좋았다. 그 당시만 해도 몽땅 연필이 되면 볼펜 꼭지에 끼워 쓸 정도로 연필 한 자루를 귀하게 오래 썼다. 내 물건을 스스로 잘 챙겨야 했고, 친구의 물건도 서로서로 잘 챙겨 주는 게 당연한 일상이었다.

우리 아이들과 나는 나이 차이가 크긴 하지만 아무튼, 지금 아이들은 풍족한 시대를 산다. 부모님이 사주시는 학용품도 많은데 여기저기서 선물로 주는 학용품까지 차고 넘치는 게 학용품이다. 그러니 연필, 펜, 지우개 등 학용품을 선물로 주면 시시하게 여긴다고 해야 할까? 학용품만 그런 건 아니다. 옷도 마찬가지다. 예전에는 일주일 동안 옷 하나로 버티는 친구들도 있었는데 지금은 옷을 매일 같이 바꾸어 입는 게 일상이다. 옷도 가방도 신발도 넘쳐 난다. 학교에다 벗어 놓고 놀이터에다 벗어 놓고 어디에다 뒀는지 모르고 찾지도 않는다. 멀쩡하고 값비싸 보이는 옷도 주인을 잃은 채 덩그러니 놓여 있는 일이 다반사다. 물건을 아끼고 소중히 여길 수 있도록, 아이들이 스스로 자기 물건을 잘 챙기도록 지속적인 교육, 훈련이 필요했다.

버스 바닥에 내려놓은 꽃다발을 보곤 우리 교실 바닥을 떠올렸다. 하루에도 여러 번 '가방 걸어라, 옷을 걸어라, 연필 누구 거니?' 이렇게 반복해서 물어보는 일이 힘들긴 하지만 계속 이야기해 줄 것이다. 귀가 닳도록 듣고 듣다 보면 스스로 자기 물건을 챙기는 날이 오지 않을까? 책가방을 왜 가지런히 걸어야 하는지, 옷도 왜 바닥에 뒹굴게 두면 안 되는지, 아이들도 몸으로 익히는 날이 올 것이다.

버스 안에서 할아버지가 신문으로 감싼 꽃다발을 안고 있었으면, 그림처럼 낭만적인 모습이지 않았을까? 승객들로 가득 찬 버스 바닥에 두는 바람에 예쁜 꽃다발은 장애

물이 되었다. '꽃을 든 할아버지'가 될 수 있었는데, 부릅뜬 눈만 기억에 남았다.

교실에서 아이들에게 '가방 걸어라, 옷 주워라.' 할 때 내 눈에서도 그렇게 레이저가 발사될까?

아무래도 웃는 눈은 아니겠다.

넘겨짚기 금지!

코로나 시국에는 재택근무자가 많았다. 덕분에 출퇴근 시간이 쾌적했다. 서서히 정상 근무가 되고 버스 안은 다시 혼잡해졌다. 버스 안의 여유는 온데간데없었다. 정류장에 있는 버스 시간 안내판에 이미 '혼잡'이라는 문구가 찍힌 143번 버스가 들어섰다.

기다리던 승객 중 제일 먼저 버스에 올라탔다. '어디 앉을 자리 없나?' 빠르게 자리를 스캔한 후 버스 맨 뒤 자리를 향해 질주하듯 걸어가 남은 자리에 앉았다. 자리에 앉아 한숨을 돌리고 보니 버스 내리는 문 바로 앞, 두 사람이 앉는 자리에 한 사람 머리만 보였다. 두 사람이 앉는 자리는 보통 사람들이 바깥쪽을 선호한다. 타고 내릴 때 편하기 때문이다. 버스마다 조금씩 다른데 최근에 만들어진 버스는 다리를 내려놓는 곳이 턱없이 좁다. 오늘 버스는 그런 자리였다. 2인 석에 앉은 승객은 바깥쪽에 앉아 있었다.

'자리가 좁아서 다른 사람이 안쪽으로 들어가 앉지도 못하는데 바깥쪽에 혼자 앉아 있네!' 하고 생각했다. 뒷자리에 앉아 버스 앞을 보는 내내 그 자리에 앉은 승객의 머리가 보여 신경이 쓰였다.

그날 아침, 혼자 앉은 승객의 머리가 왜 그렇게도 거슬렸을까?

내릴 때 뒷문으로 가 카드를 찍으면서 보니, 그 승객 옆자리에는 아이가 앉아 있었다. 그것도 곤히 자면서 말이다. 순간 얼굴이 화끈거렸다. 아무 말도 하지 않았지만 내 안에서 쏟아낸 비난의 화살이 내게로 돌아왔다.

'아침부터 괜히 엉뚱한 데 신경을 썼네.'

오해해서 미안했다. 마음속으로 목적지까지 안녕히 가시라는 인사를 하고 버스에서 내렸다.

사람은 왜 오해하게 되는 걸까?

버스 안에서는 내가 오해했지만, 반대로 내가 오해받은 일들이 생각났다. 담임 수업이 아닌 교과 시간에는 3층 교과연구실에 가서 업무를 보거나 다음 시간 수업 준비를 했다. 가끔 나와 같이 교과 수업으로 수업이 없는 A 선생님과 함께 연구실에 있었다. 각자 할 일을 하다가 차도 한잔 마시고 대화를 나누기도 했다. 그 시간 교과연구실에는 우리 둘밖에 없었다. 그러다가 어느 날부터 나는 학교 도서관에서 그림책을 찾아보고, 도서관 옆에 있는 4층 교과연구실로 갔다. 그러길 2주 정도 지났나 보다. 아이들이 하교하고 없는 교실에 A 선생님이 찾아왔다. 문을 열고 들어오시더니 이렇게 말했다.

"아니, 요즘 왜 교과실에 안 와? 나랑 같이 있기 싫어서 안 오는 거야?"

갑작스럽긴 했지만, 단도직입적인 A 선생님의 물음에

당황해서 웃었다. 선생님 말씀의 의중을 바로 알아챘기 때문이다. 나는 웃으면서 아니라고 4층 교과연구실에 있었던 사실과 이유를 말씀드렸다. A 선생님도 다른 일이 있을 거라 예상했겠지만 혹시나 하고 오셨을 터다. 우리 교실까지 A 선생님이 찾아오게 한 것이 죄송했다.

며칠 사이에 그런 일이 또 한 번 있었다. 교무실 실무사님은 아침에 커피메이커로 원두커피를 내린다. 나는 커피메이커로 내린 커피를 좋아해서 하루에 한 번은 교무실에 들러 커피를 가져왔다. 커피도 가져오고 교무실에 계신 선생님, 실무사님과 인사하고 담소도 나누곤 했다. 그러다 한동안은 인스턴트커피에 맛이 들어서 교실에서 커피를 타 먹었다. 자연스레 교무실에는 갈 일이 줄었고 발길이 뜸해졌다. 오랜만에 복도에서 실무사님을 만났는데 이렇게 말하는 것이 아닌가!

"삐졌어요? 왜 요즘 교무실에 안 와요?"

뜬금없는 질문에 놀랐다. 뭐라고 말해야 할지 몰라서 또 웃으면서 아니라고 딱히 교무실에 갈 일이 없어서 그랬다고 했다. 교무실에 안 오니 궁금해서 물었겠지만 삐졌냐고 묻는 말에, 되려 마음이 쓰였다.

오해하고 오해를 받는 일이 연거푸 일어나고 보니, 사람들 사이에 의도하지 않은 오해가 많이 생길 수 있구나 싶었다. 내가 버스 안에서 승객을 오해한 것처럼, A 선생님도, 교무실 실무사님도 괜한 오해를 했다. 오해는 지극히 주관적임을 알 수 있다. 사실과 상관없이 상대방의 말과 행동을 미루어 보고 짐작하니 말이다. 상대방의 말과 행동은 하나인데 그에 대한 해석은 제각각이었다.

내가 버스 안에서 혼자 앉은 승객을 오해한 것은, 버스에서 관찰했던 장면들로 이러한 사고 과정을 했기 때문이다.

'평소 두 명이 앉는 자리에 앉을 때는 대부분이 바깥쪽을 선호한다. 그 이유는 앉고 일어서기가 편하기 때문이다. 그래도 다음 사람을 위해 창가 쪽에 앉아 바깥쪽 자리를 비워 두는 승객이 많지만, 처음부터 바깥쪽에 앉는 승객도 있다. 바깥쪽에 사람이 앉아 있으면 대부분 창가 자리에 앉으려는 시도는 잘 안 한다. 간혹 비켜달라고 해서 앉기도 하지만, 창가 자리를 포기하고 다른 자리로 간다.' 그런 심리를 알고 난 뒤라 혼자 앉은 승객의 뒤통수가 그렇게 내 눈에 거슬렀던 거다.

A 선생님도, 교무실 실무사님도, 나름대로 본인의 기준에 따라 생각한 게 오해를 만들었을 것이다. 오해받은 사람은 사실 큰 어려움은 없다. 오해받은 사실을 말하기 전까지는 말이다. 하지만 오해를 하는 사람 마음은 힘이 든다. 비난하든, 고민하든, 의심하든, 다 오해하는 사람 몫이다. 그런 점에서 나는 나의 교실에 찾아와 준 A 선생님과 복도에서 말을 걸어 준 실무사님에게 오히려 감사했다. 정말 오해할 일이 아니었는데 먼저 찾아와 대화한 덕분에 불편한 마음을 정리했기 때문이다.

오해는 그릇되게 해석하거나 뜻을 잘못 안다는 뜻이다. 어떤 상황에 대해 잘못 이해하거나 미루어 짐작하지 말고, 긴가민가 할 때는 솔직하게 물어보면 될 일이다.

버스 안에서 내가 한 오해는 '넘겨짚기 금지'라는 교훈을 남겼다.

벤자민 버튼의 시간은 거꾸로 간다

버스 안에 있어도 마음이 바쁜 날이 있다. 제시간에 출근하려면 지체되지 않고 슝슝 달려야 할 만큼 빠듯한 날이었다. 마을버스를 탔다. 신호가 빨간불이 되어 버스가 정차할 무렵 한 승객이,

"여기 래미안 아파트 지났어요?"

하고 기사님 앞으로 다가가 물었다. 기사님과 승객의 대화가 이어졌다.

"어디라고요? 잘 안 들려요."

"래미안 아파트 가는 버스 아니에요? 02번 버스 아니에요?"

"이건 10번 버스에요."

"아이고 이를 어째~ 잘못 탔네."

"여기 가려면 어디서 버스를 타야 해요?"

하며 스마트폰 사진을 기사님께 보여 주었다.

승객의 스마트폰을 건네받은 기사님은 안경을 벗고, 자세히 들여다보았다. 그 사이, 파란불이 켜졌다.

버스가 출발해야 하는데 기사님이 움직이지 않자, 일부 승객이 동요했다. 그러나 그 누구도 말은 하지 않았다. 기사님이 스마트폰을 보다가 얼굴을 들었을 때는 신호등에 주황 불이 들어왔다. 아무 소리도 들리지 않았지만, 승객들 마음의 '탄식'이 들려오는 듯했다.

버스를 잘못 탄 승객의 마음은 이해되지만, 한시가 급했던 나는 짜증이 났다. 기사님은 정말 친절하고 자상했다. 초행길의 승객을 도우려는 진심 어린 마음이 느껴졌다. 내게 여유로운 아침이었으면 나도 대수롭지 않게 생각했겠으나, 마음 바쁜 날이다 보니 이 상황이 답답하게 느껴졌다. 머피의 법칙처럼, 출근 시간이 늦은 날에 한없이 친절한 기사님을 만난 거다. 승객의 질문을 차근히 듣고 차 신호도 넘기면서 사진을 자세히 보고 안내하다니.

"다음 정류장에서 내리세요. 저기 지하도를 건너서 올라오면 바로 앞에 보이는 정류장에서 01번 버스를 타세요."

기사님은 눈짓, 손짓해 가며 정류장을 자세히 안내해 주었다.

아주머니는 마땅찮은지,

"아유~ 너무 멀어요. 내리는 버스 정류장 바로 건너편에서 가는 버스는 없어요?"라고 재차 물었다.

초행길인 데다가, 지하도를 건너 올라오라고 하니 번거롭게 느껴졌을 것이다. 하지만 그 버스가 아니면 목적지로 가는 버스는 없었다. 버스를 타려면 정해진 정류장에 가는 수밖에.

친절한 안내를 뒤로하고 계속 본인에게 편한 방법을 알려 달라는 승객에게 기사님은,

"그럼, 그냥 택시 타세요~"라고 말했다.

승객은 언짢은 표정이었지만 더 이상 말하지 않았고, 다음 정류장에서 내렸다.

직장인들이 많이 내리고 지하철역이 가까이에 있는 마을버스 정류장이다. 정류장에 내려 조금만 걸어가면 바로 지하철역이 있다. 버스에서 내린 승객들은 지하철역으로, 또 다른 버스 환승 정류장으로 달려갔다.

버스 정류장으로 뛰어가면서 보니 버스를 타고 가면 지각을 면하기 어려울 시간이 됐다. 출근 시간에 늦으면 낭패인 것이, 버스 배차 간격도 길어지고, 버스에 승객은 더 많아지고, 도로에 차도 많아진다. 출근 시간이 한없이 늦어질 수 있다. 아무래도 택시를 타야겠다 싶었다. 지하철역으로 들어가는 사람이 내린 택시를 얼른 잡았다.

택시를 타니 마음이 놓였다. 깊은 한숨을 몰아쉬고 좀 전에 마을버스에서 있었던 일을 다시 생각해 보았다. 〈벤자민 버튼의 시간은 거꾸로 간다〉라는 영화에서 데이지가 교통사고로 다쳤을 때, 벤자민이 데이지의 시간을 거꾸로 돌려 생각하며 안타까워했던 장면이 떠올랐다. 나의 시간을 거꾸로 돌려 보았다.

'아들이 졸린 눈을 비비며 침대에서 꾸물대지 않았다면, 엘리베이터가 1층에 있지 않았다면, 어린이집 가는 길에 다른 차를 비켜서서 기다리지 않았다면, 마을버스에 버스를 잘못 탄 승객이 타려고 했던 버스를 제대로 잘 탔다면, 마을버스 기사님이 승객의 스마트폰을 자세히 살펴보지 않았다면, 신호등이 빨간불로 바뀌지 않았다면, 마을버스에서 내리자마자 버스를 갈아탈 수 있었다면. 다른 아침이 되었을까?' 피식 웃음이 났다. 그냥 일어날 일이 일어난 거겠지. 그날의 운! 말이다.

'운'을 무시할 수 없는 것은, 우리가 어쩌지 못하는 수많은 일을 만나기 때문이다. 좋은 일이면 '와 오늘은 운이 좋은데~' 안 좋은 일이면 '오늘 운수가 나쁘네. 뭔가 안 풀릴 징조야.' 하는 날이 있다. 세상일이 다 내 뜻대로 되지 않을뿐더러, 한 치 앞도 모르는 게 우리네 인생 아닌가. 일상에서 생기는 소소한 일들은 하나의 에피소드로 가볍게 넘기면 될 일이다. 생각지 못한 수많은 일을 통해 내가 알지 못했던 나를 만나기도 하니까. '임기응변에 능한가? 결단력이 있는가? 실행력이 있는가? 내가 중요하게 여기는 것은 무엇인가?' 등 이에 대한 답은 예상치 못한 일을 만날 때 더 잘 알게 된다.

시간이 조금이라도 지체되면 지각이 예상되는 시간에 나의 선택은 택시였다. 출근 시간에는 택시 잡기도 하늘의 별 따기다. 택시도 못 타면 지각은 따 놓은 당상인데, 다행히 택시를 잡았다. 그것만으로도 다시 운이 좋아진 거 같은 기분이었다. 모든 것은 다 마음먹기에 달렸다.

택시비를 내야 했지만, 덕분에 지각은 면했고, 편안히 출근할 수 있었다. 돈은 썼지만, 시간은 벌었다. 오늘은 돈은 쓰고 시간은 버는 날인가 보다.

때로는 관상쟁이

버스 정류장에 사람들이 유난히 많은 날이다. 앉을 자리는 일찌감치 포기했다. 정류장에 있는 승객의 대부분은 종로로 가는 401번, 143번 버스를 기다렸다. 버스 안내판을 보니 401번과 143번이 들어오는 시간이 비슷했다. 401번과 143번 버스가 들어오면 정류장에 있던 사람들이 일제히 움직인다. 143번이 먼저 왔고, 버스 앞문으로, 뒷문으로 긴 줄을 섰다. 버스에 올라 보니 역시 사람이 많았다. 버스 뒷자리까지 가서 설 생각은 없었고 중간쯤에 설까, 했다.

‘어디에 서야 빨리 앉을 수 있을까? 어떤 사람이 빨리 내릴까?’

오늘은 관상쟁이가 된다.

버스 안을 스캔하듯 어떤 자리에 설지 고민하다 얼른 한 자리를 정했다. 핸드폰은 손에 쥐고 가방을 들 준비를 하는 승객 1번, 핸드폰을 계속 쳐다보고 있는 승객 2번. 마치 잠을 못 자고 나온 사람처럼 고개 숙이고 자는 승객 3번. 일단 3번 자리는 탈락! 2번보다는 1번이 먼저 내릴 가능성이 높다. 곧 내릴 사람은 핸드폰을 보다가도 멈추고 가방과 소지품들을 챙긴다. 2번 승객처럼 핸드폰을 계속 본다는 것은 아직 목적지까지 거리가 많이 남아 있다는 뜻이다.

1번 승객 앞에 섰다. 핸드폰을 손에 쥐고 가방까지 매무새를 다듬으면 곧 내려야 하는데… 아뿔싸! 전혀 예상치 못한 1번 승객 앞에 앉은 승객이 내렸다. 내 옆에 서 있던 승객이 기다렸다는 듯이 자리에 앉았다. 의문의 1패다. 게다가 내가 점찍은 내 앞에 앉은 승객은 내가 내릴 때까지도 내리지 않았다. 내 앞에 앉은 승객을 호위하듯 서 있다가 내가 먼저 내렸다. 후후~ 이런 날도 있다. 자리를 잘못 잡았고, 앉지도 못하고 서서 오는 날. 버스에서 내리면서 마음에서 메아리친 한마디! '아이고 다리야~'

사람은 자신이 직접 경험해 봐야 안다는 말이 이해되는 순간이다. '40대 중반의 나도 이렇게 다리가 아픈데 어르신들은 오죽할까?'

얼른 사고를 전환했다. 30분을 서서 오느라 너무 힘들었다는 생각 대신, 30분을 서서 올 수 있는 체력이 있는 것에 감사하기로 말이다. 아직은 30분 이상 거뜬히 서서 올 수 있는 체력이니 마음껏 양보하며 살자 했다.

사실 '앉아서 가면 어떻고 서서 가면 또 어때?'라고 할 수도 있지만, 그게 그리 간단히 말할 수 있는 일이 아니다. 퇴근길 버스 안이었다. 버스에서 볼 책까지 챙겨 나와서 가방이 무거웠다. 오늘만큼은 앉을 자리가 있었으면 했다. 명동 롯데백화점 정류장에서 많은 사람이 내린다. 이 정류장에서 많이들 내릴 테니 적당히 서 있다가 자리가 나면 앉아야겠다고 생각했다. 카드를 손에 쥐고 있는 사람은 거의 백 프로다. 그 승객이 내리면 앉을 수 있겠다고 생각했고 여유 있게 자리를 잡았다. 정말 다행이었다. 무거운 가방을 한 손에 든 채로 서서 가는 것은 생각만 해도 피곤했기 때문이다.

소공동 롯데백화점을 지나 명동 신세계백화점 정류장에서 승객을 태우고 나면 남산 3호 터널로 진입한다. 그런데 평소라면 쭉쭉 빠져나갔을 터널인데 진입하기도 전에 길이 막혔다. 터널 안에 들어가지도 못한 상태에서 명절을 방불케 하는 정체 현상으로 길이 꽉 막힌 게 아닌가. '도대체 무슨 일이야? 도로가 왜 이리 막히는 거야?' 정말 아니나 다를까, 터널을 지나는 데만 30분이 넘게 소요되었다. 터널 밖으로 나와도 상황은 좋지 않았다. 도로는 꽉 막혀 있었다. 여기저기서 깊은 한숨 소리가 들렸다. 차 안 공기도 좋지 않고, '답답함. 지루함. 힘듦.'이 녹아 있는 한숨 소리는 버스 안 무언의 절규 같았다. 그렇게 힘든 상황에서 나도

서 있었다면 '아~~' 정말 상상하고 싶지 않은 날이었다.

전혀 예상하지 못한 정체 현상은 용산구청을 지나 한강중학교쯤 도착하니 풀리기 시작했다. 영문도 모른 채 버스 안에서 고생한 날이다. 버스 기사님도 힘들기는 마찬가지였을 테다. 정체 구간을 뒤로하고 신나게 다음 정류장으로 달려갔다. 롯데백화점에서 20여 분 남짓이면 고속버스터미널까지 도착하는데 그날은 1시간은 족히 걸렸다. 이런 날에 앉아 올 수 있어서 얼마나 다행이었는지 모른다.

이렇게 힘든데도 버스 타고 다니냐고?

그렇다. 버스니까 이 정도지. 승용차였으면 더 걸렸으면 더 걸렸지, 덜 걸리지는 않았을 거다. 버스 기사님에겐 버스의 큰 차체를 이리저리 잘 들이밀어 정해진 시간에 최종 목적지까지 가려는 목표가 있다. 승용차였으면 어림도 없을 찻길 양보가 버스에서는 잘 이루어지기도 하고 말이다.

무거운 가방을 든 날, 특별히 더 피곤한 날, 도로가 막히는 날.

이런 날들을 지내다 보면 자연스레 관상쟁이가 된다.

'오늘은 어디에 설까?'

버스 타기 싫은 날

장대비가 쏟아졌다.

집 밖으로 나가고 싶지 않은 날씨다. 출근 준비를 했다. '하필 출근길에 장대비가 쏟아질 게 뭐람.' 생각만 해도 찝찝했다. '양말은 신지 말고 가져갈까? 면바지는 다 젖으니 안 되겠다.' 출근 복장부터 신경이 쓰였다.

큰 우산을 받쳐 들고 버스 정류장으로 갔다. 가는 길에 이미 바지에 물이 많이 튀었다. 비바람에 옷도 젖고 가방도 젖었다. 머리만 간신히 우산 속에 피신한 기분이었다.

건널목 가까이에서는 물 내려가는 소리가 쪼르르 들렸다. 지나가는 차가 튀기는 물은 맞지 않으려고 도로에서 멀찌감치 떨어져 신호가 바뀌기를 기다렸다.

버스 정류장 가림막으로 들어갔다. 우산을 접어서 우산 고리를 걸었다. 비를 피하고 있었지만, 버스에 탈 때, '우산을 쓸까? 그냥 맞을까?' 잠깐 고민도 했다. 하지만 그날은 써야 했다. 장대비는 잠깐만 맞아도 물에 빠진 생쥐 모습이 되기 십상이니까.

버스가 정류장에 들어섰다. 우산을 펼쳤다가 버스 문 앞에서 접었다. '으악~' 우산을 쓴 것이 아무 소용이 없었다. 그 짧은 순간에 비를 우두둑 맞았다. 버스에 재빨리 올라 카드를 찍고 안쪽으로 들어갔다. 다행히 일찍 나온 터라 앉을 자리가 있었다. 앉으려고 보니 의자에 물이 묻어 있다. 먼저 앉았던 사람이 우산 들고 나가면서 떨어진 물 같았다. '다른 자리로 갈까?' 하다 티슈를 꺼내서 닦고 앉았다. 온통 젖어서 찝찝했지만 그래도 앉는 게 나았다. 잘 접은 우산을 창가 쪽으로 세워서 잡았다. 버스에 타기까지

20분 남짓한 시간이 흘렀나 보다. 벌써 진이 다 빠졌다.

차창 밖을 내다보니 빗물이 거세게 내리쳐서 밖이 잘 보이지도 않았다. 버스 창문 한쪽을 닦아 냈다. 자동차들도 빗길이라 느릿느릿 움직였다. 자동차 유리창의 와이퍼는 쉴 새 없이 움직였다. 비가 오니 번거로운 게 한둘이 아니다. 비 오는 게 마냥 싫은 것은 아니지만 밖으로 다니기는 참 별로라고 마음속으로 말했다.

비 오는 날, 버스에 서서 가는 것은 배로 힘이 들었다. 우산, 가방도 잘 들어야 하고, 버스 의자 손잡이든, 천장에 달린 손잡이든, 한 손은 몸을 지탱해야 했으니 말이다. 옆 사람과 부딪치지 않게 신경도 써야 하는 날. 그래서 비 오는 날은 밖에 나가기도 싫지만, 버스 타는 것은 더 싫었다.

반포대교를 지나면서 보니 한강에도 물이 제법 불었다. 주말 내내 인산인해를 이루었을 한강 공원이 비 오는 날은 그렇게 을씨년스러울 수가 없다. 잠수교가 잠기는 날, 노란색에 빨간색으로 교통 통제 표지판이 세워지면 그야말로 위험한 곳이 된다. 물 위로 간신히 올라와 있는 한강 공원의 나무를 보는 날도 있었는데, 그날은 그 정도는 아니지만 흙빛을 머금은 한강을 보니 내 마음도 쓸쓸했다.

목적지에 다다라 버스에서 내리려는데 먼저 내리려던 승객이 카드단말기에 카드를 대다가 떨어뜨렸다. 맙소사! 빗물로 얼룩진 버스 바닥에서 카드를 줍는 일은 보통 일이 아니다. 카드가 버스 바닥에 딱 달라붙어서 생각처럼 잘 집어 지지가 않는다. 카드를 줍는 승객도 뒤에서 기다리는 승객도 애가 타기는 마찬가지다. 하필 비 오는 날에~

목적지에 내려 또 한참을 걸어 학교로 갔다. 신발도 물에 젖었고 양말도 축축했다. 가방이며 외투까지 젖은 것은 말할 것도 없었다. 교실로 들어오는 아이들도 모두 비에 젖었다. 외투는 잘 벗어서 옷걸이에 걸어두라고 했다. 한 친구는 양말이 다 젖었다고 하소연했다. 일단 양말을 벗고 티슈로 발을 좀 닦으라고 했다. 가방에 묻은 빗물도 티슈로 닦아 냈다. 모두 장대비를 뚫고 등교해서 소란한 아침이었다.

정리가 끝난 아이들은 책 한 권씩 들고 조용히 책을 읽었다. 도움이 필요한 친구가 없는지 한 번 살펴본 후 나도 내 할 일을 했다. 교실에 들어와 있는 동안에는 밖에 장대비가 내려도 비바람이 몰아쳐도 아무 문제가 안 되었다. 우리가 실내에 있을 때 실컷 내리고 아이들이 하교할 때, 나 퇴근할 때는 좀 그치라고 마음으로 빌었다. 특히 초등 저학년 아이들을 생각하면 비가 이렇게 많이 내릴 게 아니라면서 말이다.

뜬금없이 중학교 3학년 때 담임 선생님이 생각났다. 선생님은 수업 시간에 대학 생활 이야기를 해 주셨다. 그날도 비가 오는 날이었다. 담임 선생님은 본인은 비가 많이 오는 날은 귀찮아서 학교에 안 갔다고 했다. 정말 생뚱맞지 않은가? 모범을 보여야 할 선생님이 대학생 때 비가 많이 오는 날은 학교에 안 갔다니.

'아니, 그래도 되나?' 그때는 생각지도 못한 뚱딴지같은 말이었는데 지금 생각해 보니 매력적인 일탈 같다. '하~ 비가 오나 눈이 오나 아무 걱정이 없었구나. 학교에 안 가도 되고.' 그런 자유로운 삶을 누려 보셨다니 부럽기만 했다. '나도 대학 시절에나 누릴 만한 일탈을 해 볼 걸 그랬나?' 싶었다.

장대비가 와서 출근하는 날, 중학교 담임 선생님이 한 말이 한 번씩 생각이 난다. 하지만 자기가 한 일에 책임을 질 각오가 된 대학생이 한 일이다.

나는 초등교사답게, 아침 인사 시간 아이들에게 말한다.

"이렇게 비가 많이 오는 날에 학교 오느라 정말 수고했어. 장대비를 뚫고 학교에 왔으니 더 열심히 공부해야겠지?"

뭔가 기대에 찼던 아이들 속에서 "에이~" 하는 소리가 들린다.

2장

버스에서 나에게 말을 건 생각들

어떤 일을 하든지 자기 일을 열심히 하는 사람의 **'태도'**는 다르다는 것. 그리고 그것은 주변 사람들이 먼저 알아본다는 것. 그 사람이 한 일의 업적보다도 더 오래 기억되는 것은 **'태도'**의 문제라고 말이다.

인사 바이러스에 전염되다

"안녕하세요. 어서 오세요~"

버스 기사님의 인사에 나도 모르게 "네~ 안녕하세요"라고 인사하고 안으로 들어갔다.

'인사를 하는 분이 다 있네.'

버스 정류장에 설 때마다 내리는 승객에겐 "안녕히 가세요~", 타는 승객에겐 "어서 오세요." 하며 타고 내리는 승객을 놓치지 않고 적당히 크고 부드러운 소리로 인사했다.

타는 승객은 같이 인사하기도 했지만, 내리는 승객들은

아무 말 없이 내렸다. 나도 내릴 때는 카드만 찍고 내렸다. 아침부터 큰소리로 인사할 용기는 나지 않았다. 버스에서 내려 걸어가면서 기사님의 인사가 기억에 남았다.

'자기 일에 대한 열정이 있는 분이구나! 인사만 했는데도 달라 보이네.'

승객들이 반응을 보이든 보이지 않든 인사를 하는 것은 자신이 하는 일에 대한 열정이라고 생각했다. 무엇보다 타고 내리는 승객을 쳐다보며 인사를 건네는 기사님 덕분에, 아침 출근길 좋은 에너지를 얻었다.

언젠가 학교 선배님이 2월에 아이들과 마지막 인사를 할 때, 아이들에게 꼭 당부하는 말이 있다고 했던 것이 생각이 났다. "학교에서 누구를 만나든 인사를 잘해라."라는 말이었다. "'인사만 잘해도 먹고는 산다.'라는 말이 있잖아. 아이들도 인사만 잘해도 사랑받고 지낼 거라는 믿음으로 늘 당부해."라고 했다.

버스 기사님의 외모나 운전 실력은 하나도 생각나지 않

앉지만, 아침에 인사를 받은 덕분에 그 어떤 기사님보다 자부심이 있어 보였다. 자신이 운행하는 버스에 탄 승객들에게 다정한 인사를 건네는 그 태도만 기억에 남았다.

아침 빈 교실에서 아이들 맞을 준비를 하고 있었다. 교실로 들어서면서 인사를 하는 아이도 있고 인사 생략은 물론 눈도 안 마주치고 자기 자리에 앉는 아이들도 있다. 당연히 내 책상 가까이에 와서 "선생님, 안녕하세요~" 하고 인사하는 아이들이 예쁘다.

3월 초부터 인사하는 방법에 대해 가르친다. 교실에 들어오면 선생님 자리 옆에 와서 인사해 달라고 말이다. '꼭 옆자리까지 와야 하나?' 할 수도 있지만 여러 가지 이유가 있다. 우선 아이가 내 옆에 와야 나도 아이랑 눈을 마주칠 수 있다. 교실 여기저기서 소리만 내서 인사하면 누가 인사했는지 알기 어렵고 인사에 반응하기도 어렵다. 내 옆에 와서 나를 부르면 나도 하던 일을 멈추고 인사를 주고받는다. 그리고 아이의 안색을 살핀다. 인사하는 목소리만 들어도 기분이 어느 정도 파악되고, 어디 불편한 곳은 없는지 살필 수 있기 때문이다. 무엇보다 정답게 인사를 나누고 하루를 시작하는 것은 여러모로 플러스 요인이 된다.

그러면 인사 안 하는 학생들은 안 예쁜 학생일까? 그렇지는 않다.

인사를 하지 않는 이유도 여러 가지가 있다. 우선 인사하는 걸 깜빡하는 경우다. 교실에 들어오자마자 친구들에게 시선이 가고 친구들의 행동에 먼저 관심이 가는 아이들이다. 또 한 부류는 인사를 하고 싶지만, 왠지 부끄럽고 부담스러워하는 경우다. 마음의 부담을 안고 그냥 자리로 가서 앉는 친구들이다. 그것을 어떻게 아냐고? 내가 두 번째 부류에 속한다. 소리 내서 인사하는 것이, 어색하고 힘들 때가 있었다. 나도 그렇다 보니 수줍음이 많거나 부끄러워하는 아이들은 따로 한 번씩 불러 인사를 한다.

여하튼 3월 초에 선생님이 알려 준 대로 씩씩하게 다가와서 인사를 하는 아이들이 고맙고, 대견하고, 예쁘다. 학습 이해가 늦거나 장난꾸러기라 할지라도 인사를 잘하면 자신감이 있어 보이고 장차 아이가 잘될 거라는 확신이 든다.

학교에는 교사 말고도 수업하러 들어오는 외부 강사가 있다. 외부 강사 중 일부는 교육청에서 배정하지만, 일부는 학교에서 면접을 통해 뽑는다. 내가 맡은 학년에 들어오는 강사들은 안면이 있어서 인사를 곧잘 하고 다니지만, 그렇지 않은 강사는 복도에서 만나도 누구인지 잘 모른다. 여러 명의 강사가 있었는데, 그중에서도 눈에 띄는 사람이 있었다. 그는 복도에서 만나면 과하다 싶은 정도로 허리를 숙여 인사를 했다. 항상 밝은 표정, 큰 목소리로 인사를 해서 나도 반갑게 인사를 주고받곤 했다. 버스 기사님처럼 자기 일에 대한 열정이 대단했고, 교내에서 누구를 만나든 항상 밝은 모습으로 인사를 하며 다녔다. 그녀를 보면서도 '인사만 잘해도 반은 먹고 들어가는구나!' 했고 인사의 중요성을 다시금 생각해 보게 되었다.

어린 시절, 수줍음이 많았고 주목받는 것을 싫어했다. 큰소리로 인사를 못 해 오해받은 적도 있었다. 반갑게 인사하고 싶은데 마음처럼 잘되지 않았다. 인사의 중요성을 생각하고 보니 언제라도 용기를 내야 한다는 생각이 들었다. 내가 만나는 사람들에게 밝은 미소로 인사하는 사람이 되어 보자고 나이 마흔 중반에 다시 다짐한다. 언제나 늦었다고 생각할 때가 가장 빠른 때니까.

버스 기사님의 '안녕하세요~' 하는 인사는 인상 깊은 깨달음을 남겼다.

어떤 일을 하든지 자기 일을 열심히 하는 사람의 '태도'는 다르다는 것. 그것은 주변 사람들이 먼저 알아본다는 것. 그 사람이 한 일의 업적보다도 더 오래 기억되는 것은 '태도'의 문제라고 말이다.

버스 기사님의 인사 바이러스에 전염되어 나도 웃는 얼굴로 인사한다.

"안녕하세요~"

버스 안 외계어

143번 버스는 외국인들도 자주 이용하는 버스다.

용산, 이태원을 지나기 때문이다. 외국인들도 혼자 탔을 때는 조용하지만, 일행이 있을 때는 말을 많이 했다. 그런데 신기하게도 그들의 대화 소리는 크게 거슬리지 않았다. 귀에 거슬리지 않는 이유는 내가 그들의 말을 알아듣지 못하기 때문이었다. 영어, 아랍어, 일본어, 불어 등 그들의 말을 이해하지 못하기 때문에 그들의 말은 소리로 들릴 뿐이었다. 스쳐 지나가는 바람 소리 같다고 해야 할까?

우리나라 사람들의 이야기가 거슬린 이유는 내가 알아들을 수 있기 때문이었다. 안 듣고 싶은데 듣게 되고, 들으면 대화 내용이 이해되고 그러니 나도 모르게 신경이 쓰였다.

가끔 영어로 대화를 나누는 외국인들이 있으면, 귀를 쫑긋 세우고 나의 듣기 실력을 테스트해 보곤 했다. 그런데 정말 말이 빠르고 묵음처럼, 발음하지 않는 말이 많아서 그런지 알아듣기 어려웠다. 집에서 우리 애들이 영어 들을 때, 나도 옆에서 많이 들었다고 생각했지만, 역시 부족했다.

비영어권 언어는 귀로 들어오지도 못하고 허공에 떠도는 소리 같았다. 다만 그들도 한국인 못지않게 말을 빨리 하고 많이 한다는 것만 닮아있었다.

한국 버스에서 들린 외국어는 들리든 말든 아무 신경이 안 쓰이지만, 해외에서는 또 다른 문제였다.

해외 자유여행을 하면서 버스를 탈 때, 도무지 알아들을 수 없는 버스 안내 방송을 들어야 할 때가 있었다. 방송이 나올 때마다 내가 내리려는 정류장인지 아닌지 몰라서 안내 방송에 온 신경을 기울였다. 혹시라도 잘못 내렸다간 하루 일정을 망칠 수도 있어서, 내가 내릴 정류장 이름을 입으로 수십 번 되뇌었다. 여행을 즐겨야 함에도 목적지에 내릴 때까지 마음을 졸였던 시간이 떠올랐다.

체코 프라하를 여행할 때 특히 그랬다. 비영어권 국가다 보니 생전 처음 들어보는 언어여서 내게는 외계어처럼 들렸다. 체코인들도 낯설었다. 얼굴도 몸도 마른 사람이 많았고 피부가 창백하리만큼 새하얬다. 영화에서만 보던 동유럽인들의 모습이라 굉장히 낯설었다. 그들과 함께 탄 버스에서 전혀 알아들을 수 없는 체코말을 들으며 여행할 때 언어를 모른다는 것에 대해 잠시 생각했었다. 청각 장애인과 글을 배우지 못한 할머니들의 답답함을 헤아리게 되었다. 결국 나도 외국에 나오면 그들과 다르지 않았다. 언어를 이해하지 못하고, 읽을 수 없다는 것이 주는 두려움은 생각보다 훨씬 컸고, 모든 일에 두려움이 생겼다. 7~80세가 되어도 한글 학교에 나와 글을 배우려고 애쓰는 할머니들의 마음이 백번 이해되었다.

이제 우리나라에도 외국인이 많이 살고 있다. 10년 전만 해도 서울에서 다양한 인종을 만나지는 못했다. 지금은 한강 공원에 나가면 다양한 인종의 외국인을 만날 수 있고, 그 수가 늘어났음을 확연히 느끼게 된다. 그들 중에는 한글을 잘 아는 사람도 있겠지만, 모르는 사람도 많을 것이다. 한글을 터득하기 전까지 그들에게 한국어가 외계어처럼 느껴질지도 모르겠다.

지금은 다문화 교실이 많고 외국인 어린이가 한국 학교에 다니는 일이 다반사지만, 20년 전만 해도 드문 일이었다. 내가 가르치던 4학년 교실에 몽골인 어린이가 한 명 있었다. 미소만 봐도 착하고 순수해 보이는 남자아이였다. 내가 가르친 유일한 외국인 아이라 기억에 오래 남아 있다. 바트(가명)는 수줍게 와서 말을 걸곤 했다. 그래도 항상 미소 띤 얼굴이라 바트를 보면 기분이 좋았다. 바트도 한글 실력이 부족했다. 내가 하는 말을 다 알아들었을 리 없고, 나 역시 바트의 말을 잘 알아듣지 못했다. 그런데도 바트는 항상 즐겁게 학교를 오갔고 내가 내주는 과제들도 열심히 해 왔다. 일기 쓰기 과제가 가장 기억에 남아 있다. 한글 단어도 문장구조도 맞지 않는 글이었지만 매일 한바닥을 꼬박 채워 온 바트의 일기에 늘 감동하곤 했다. 바트의 일기를 읽으면서 바트가 무슨 이야기를 하려고 했는지 이해하려고 애썼다. 혹 잘 이해하지 못하는 날이어도 바트의 일기장에 또박또박 답글을 적어 주었다. 한글에 능숙하지 않지만, 뭐라도 써서 내려고 한 바트의 마음이 보였기 때문에, 바트의 일기장을 볼 때마다 가슴이 찡했다.

지금은 바트도 한글에 많이 익숙해졌겠지? 말이 통하지 않고 힘들어도 학교에 열심히 나오고 늘 웃는 얼굴로 지냈던 바트의 모습은 언제라도 기분 좋은 추억이다.

버스 안에서 외국인들의 대화는 내게 외계어와 같지만, 나의 추억을 이끄는 언어이기도 했다.

외국어는 신경이 덜 쓰였지만, 아무래도 버스를 이용할 때는 소곤소곤 이야기하는 게 정답이다.

여기, 앉으세요

40대 중반. 아직 한창때이지만 몸은 여기저기서 빨간불이 들어오는 나이다. 겉보기엔 건강하고 활기차 보여도 한두 가지 질병을 안고 살아가는 사람이 많다. 나도 그렇다. 안 아프면 좋겠지만 건강도 부지런히 관리한 만큼 보답한다는 것을 몸으로 깨닫는다.

젊어서는 버스에 서서 가도 별 부담이 없었지만, 이제는 앉을 자리가 없으면 서운하다. 운 좋게 버스 의자에 앉았는데, 노약자가 버스를 타면 이내 갈등이 생긴다. 여유 좌석이 있으면 부담이 없지만, 빈 좌석이 없는 상태라면 또 다르다. '내가 일어설까? 다른 누군가가 일어날 건가? 저들은 어느 자리로 가서 서나?' 하고 혼자 속으로 분주하다. 아무도 뭐라 하지 않았는데 가시방석에 앉은 듯 혼자 갈등하는 내가 좀생이 같다.

1990년대만 해도 버스 자리 양보는 일상이라 할 만큼 자리를 양보하는 사람이 많았다. 그런데 요즘은 자리 양보하는 모습이 흔하지 않다. 거동이 자유롭지 못한 노인분들이나 유아가 타면 자리 양보하는 사람이 더러 있지만, 그 외에 노인이라고 해서, 어린이라고 해서 배려받는 일은 잘 없었다. 요즘은 어르신들이 젊어 보여서 그런지 예전보다 자리 양보를 더 못 받는 거 같았다. 그리고 무엇보다 승객의 대부분이 스마트폰을 보고 있어서 누가 타고 내리는지에 관심이 없었다.

노인이 타면 부모님 생각이 나서 자리를 양보하곤 했다.

버스건 지하철이건 아주머니들이 앉을 자리를 적극적으로 찾는 모습을 많이 보았다. 가끔은 왜 저렇게까지 하나 싶을 때도 있었지만, 나이가 들고 보니 이해도 되었다. 40대인 나도 다리가 아파서 앉아서 가고 싶은데 60대 이상인 분들은 더했으면 더했지 덜 하진 않을 것이다.

간혹 지하철이나 버스에서 자리 양보하지 않는다고 한소리 하거나, 자리를 양보했는데도 싫은 소리를 듣는 일이 종종 있어서 젊은이들 사이에 볼멘소리가 나오기도 했다. 자리를 양보하는 것은 필수가 아니다. 노약자에게 자리를 양보하자고 하지만, 건장한 젊은이도 몸이 좋지 않으면 자리에 앉아서 가야 한다. 그러니 상황에 따라 누구나 앉아서 갈 수 있고 배려하는 마음, 사려 깊은 마음이 동하면 기꺼이 자리를 양보할 수 있는 거 아니겠나. 예전에 비해 자리를 양보하는 모습을 볼 수 없는 것은 사실이지만 무턱대고 비난받을 일도 아닐 터다.

20대에 이탈리아를 여행할 때였다. 내가 버스를 타자마자 한 남자가 일어나더니 자리를 비켜섰다. 다음 정류장에 내리나 보다 하고 당당히 앉았는데, 알고 보니 자리를 양보한 거였다. 시간이 지나고 상황을 인식하고 나서야 '제대로 인사를 못 했구나!' 하고 후회했다. '혹시 자리를 양보하신 건가요?'라고 물어보고 싶었으나 영어로도 이탈리아어로도 말하기 어려워 가만히 있었다. 고마우면서도 부담감을 안고 앉아 갔던 기억이 났다. 표현하지 않았으니, 이탈리아인에게 예의 바르지 않은 아시아인으로 보였을지도 모르겠다. 마음의 빚을 진 듯 그때의 기억이 오랫동안 잊히지 않았다.

용산에서 남산 3호 터널로 가는 구간에는 외국인 승객이 많이 탄다. 한번은 다리 깁스한 외국인이 타서 '여기 앉으세요' 하고 자리를 양보했는데, 내 말을 못 들었는지 아무 말 없이 앉았다. 또 한번은 아기 띠를 하고 아기를 안은 덩치가 아주 큰 외국인 아빠에게 자리를 양보했는데, 빈자리에 앉듯이 자연스레 앉아서 부인과 대화를 이어 갔다. 자리를 양보하고 그 옆에 비켜선 나 자신이 도리어 무안했다. 감사 인사를 받아야 하는 건 아니지만, 양보한 것을 몰랐나 하는 생각을 하긴 했다. 이탈리아에서 나의 경험처럼, 그들도 내가 내리는 줄 알았을까?

한편, 어르신들도 자리 양보에 대한 반응이 사뭇 달랐다. 어떤 분은 당연하게 앉았고, 어떤 분은 사양하다가 마지못해 앉으면서 고맙다고 했다, 그러면서 내릴 때 기억해두었다가 여기 다시 앉으라고 자리를 챙기는 것도 잊지 않았다. 아무래도 후자가 더 정겹다.

내가 경험해 봐야 상대방의 마음을 안다고, 임산부나 아기를 안고 타는 승객에게는 몸이 더 빨리 반응했다. 임산부는 무조건 보호해야 한다는 마음이 컸다. 사랑과 관심을 많이 받고 배 속의 아기까지 건강하길 바라는 마음이 절로 들기 때문이다. 그리고 아기를 안고 타거나 데리고 타는 승객 역시 마찬가지다. 그들이 타면 자동으로 일어나게 되었다. 내가 경험한 지 얼마 안 지난 일이고, 그들이 힘들다는 것은 마음으로 충분히 알기 때문이었다. 내가 일어날 때 같이 일어나거나 나보다 먼저 반응하는 분들이 있는데 할머니 할아버지들이다. 본인의 딸, 손주 같아서인지 기꺼이 자리를 양보했다. 그래서 사람은 아파봐야 다른 사람이 아픈 줄 안다고 하는가 보다.

가끔 실수하지 않아야 하는 때가 있는데, 임산부가 아니고 그냥 배가 나온 승객이다. 나도 둘째 낳고 뱃살이 안 빠져서 임산부라 해도 믿을만한 배를 가지고 있다. 자칫 임산부인 줄 알고 자리를 양보했는데 그게 아니면 보통 실례가 아니다. 그런 민망한 상황을 만들지 않으려면 세심히 살펴야 할 때도 있다고 우스갯소리를 하기도 했다. 그런데 그냥 살이 찐 것과 임산부는 몸 자체가 다르니 알아볼 수 있을 거다.

자리를 양보하는 것. 어찌 보면 힘든 일이고 어찌 보면 다른 사람을 행복하게 해 줄 수 있는 작은 일이다. 경험치가 쌓이지 않아도 상대방의 필요를 알고 행동할 수 있는 사려 깊은 마음이 어느 때고 작동할 수 있기를 바랐다.

"여기, 앉으세요~"

돕는 마음만 있어도

버스 맨 뒷자리에 앉았다. 뒷자리도 나름의 매력이 있다. 일단 시야가 확보되고 버스 앞자리보다는 상대적으로 널널했다. 아무리 승객이 많아도 버스 뒤에까지 사람들이 들어차는 일은 잘 없었다. 차가 흔들리거나 덜컹거리는 느낌이 크게 전달되기는 하지만 참을 만했다. 때로는 그마저도 버스 뒷자리에서만 느낄 수 있는 재미(?)가 되기도 했다.

버스 맨 뒷자리에 앉아서 반포대교를 지났다. 맑은 날의 한강은 언제 봐도 마음을 시원하게 한다. 동작대교를 따라 지나가는 지하철도 보고, 한강을 따라 병풍처럼 세워진 아파트들을 보는 게 또 하나의 장관이었다. 반포대교를 다 지나올 무렵에는 '한강변에 아파트 재건축이 다 이루어지면 하늘 조망권이 많이 사라지겠네….' 하는 생각도 들었다. 하늘을 못 본다는 건 아무래도 낭만적이지 않았다.

엄마로, 교사로, 아내로, 1인 3역에 맡겨진 역할에 충실해지려 애쓰다 보니 머리가 하얗게 셌다. 매일 같이 신경 써야 할 일 더미 속에서 퇴근길 '멍 타임'은 꼭 필요한 시간이었다. 그래서 퇴근길에는 가만히 창밖을 내다보곤 했다. 신경 쓸 일들은 머릿속에서 지우고, 날아가는 새도 보고, 가로수도 보고, 강에 비치는 윤슬에 넋을 놓기도 했다. 출근해서 퇴근하기까지 쌓인 피로를 잠시나마 내려놓는 시간이었다.

고속버스터미널 정류장 주변에는 경부선, 호남선 고속버스터미널도 있고, 신세계백화점, 지하상가, 꽃 백화점

등이 몰려 있어서 항상 사람들로 붐비는 곳이다. 버스 승객들도 절반 이상이 이 정류장에서 내린다. 버스 뒷자리에 앉았다가 내리는 문 쪽으로 걸어가면서 보니, 앞자리에 앉은 20대 여자 승객이 일어서 나간 빈 자리에 지갑, 화장품, 핸드폰 등 소지품이 그대로 의자에 떨어져 있었다. 그 승객은 같이 온 일행과 이야기를 나누며 카드를 찍고 내릴 준비를 했다. 다급한 마음에 '저기요~' 하고 불러 세웠다. 승객이 뒤돌아보길래 버스 좌석을 손가락으로 가리키며 '여기~' 하고 소지품을 가리켰다. 깜짝 놀란 승객이 소지품을 주워 담으면서 감사하다고 연신 인사를 했다. 소지품을 주워 담고 서둘러 내려서는 눈을 맞추며 다시 한번 감사하다고 인사를 했다. 그럴 만도 한 것이, 명품 지갑에 고가의 핸드폰이었는데 두고 내렸으면 어쩔 뻔했나. 지갑도 없고 핸드폰도 없다는 건 정말 난처한 상황이다. 그녀가 소지품을 깜빡하고 두고 내린 것은 아니었다. 등 뒤로 둘러맨 가방에서 소지품이 자연스럽게 빠진 거였다. 등 뒤로 맨 가방 어깨끈이 가방 입구 여민 끈과 연결된 것인데, 입구가 잘 벌어지는 디자인이다. 그 가방 역시 누구나 알

만한 명품 가방이었는데 '저런 디자인은 안 되겠네~' 하고 생각했다. '앉았다 일어나는 사이에 소지품이 다 빠져 버리다니….'

옛날에는 떨어진 물건을 직접 주워서 주곤 했다. 그런데 요즘은 그렇게 하면 안 된다고 들었다. 지갑을 찾아 주었더니 지갑에 있던 돈이 없어졌다는 등 문제 상황에 빠질 수 있다고 말이다. 그래서 지갑을 줍지 말고 그냥 그 사실을 알려 주거나, 지갑을 그 자리에 그대로 두고 신고하는 게 좋다고 했다. 모두가 다 그렇지는 않겠지만 지갑을 의도적으로 떨어뜨리는 사람도 있다고 하니 조심해야 한다고 말이다.

"물에 빠진 사람 구해줬더니 보따리 내놓으라 한다."라는 옛말이 하나도 틀리지 않은 건지. 신종 범죄라고 SNS에 나오기 오래전에 "지갑을 주워 주었더니 돈이 없어졌다는 사건에 휘말린다."라는 이야기를 들은 적이 있어서 누군가 잃어버린 물건은 그 자리에 그대로 두자고 생각했다.

물건을 잃어버렸을 때 자신이 지나온 장소를 떠올려 볼 것이고 되돌아 찾아보면 물건을 발견하게도 될 테니까. 좋은 마음을 써도 뜻밖의 상황에 휘말리면 답답함을 넘어서 화가 날 것 같다. 누군가 잃어버린 물건은 그 자리에 그대로 두고, 주인이 찾을 수 있기를 바라는 마음이다.

버스 승객이 가방에서 소지품이 빠진 것을 모르고 내리는데, 재빨리 알려 준 것은 정말 잘한 일이고 나름 뿌듯한 일이었다. 감사 일기 쓰기, 칭찬하기, 인사 잘하기 등 매일 실천할 거리를 정해서 실행하던 차에, 누군가의 블로그에서 '매일 선한 일 한가지씩 하기' 미션을 본 적이 있다. '어 그거 괜찮네.' 나를 위한 일에서 나아가 '타인을 위한 일을 한 가지 한다는 것!' 그것이 내게 줄 기쁨이 훨씬 클 것 같았다. 나도 매일 다른 사람을 위해 착한 일 한 가지 하기를 실천하기로 했었는데, 그날은 떨어진 소지품을 챙기라고 알려 준 일이었다.

'돕는다'라고 하면 왠지 어렵고 힘이 드는 일이라 생각할 수 있지만, 꼭 그렇지는 않았다. 이렇게 짧은 순간 힘들이지 않고도 가능하다. 1분도 안 걸리는 일로 나도, 상대방도 뿌듯하고 감사할 수 있는 순간을 맞이했으니 말이다.

버스 뒷자리에 앉아 '멍 타임'으로, 그리고 누군가를 돕는 일로 내 안의 피로가 가시는 날도 더러 있다. 머릿속 복잡함은 비우고 마음 가득 평온함을 안고 아들을 데리러 갔다. 아들이 재잘거리며 이야기할 모습을 상상하니 발걸음이 빨라졌다.

겪어 본 사람이 안다

창원으로 가는 고속버스가 막 출발했다. 승차장에서 차를 후진했다가 차를 돌리려는 순간, 기사님이 브레이크를 밟고 차를 세웠다. 기사님은 차 문을 열었다. 한 여자 승객이 헐레벌떡 뛰어들어와 가쁜 숨을 몰아쉬며 승차권 바코드를 찍었다. 보는 사람이 다 숨이 찰 정도로 거칠고 빠른 숨소리가 들려왔다. 숨이 차기도 했겠지만, 또 얼마나 가슴 졸이며 달렸을까.

그 여자 승객은 내 바로 옆자리 1인석 승객이었다. 그녀는 자리에 앉아 커튼을 쳤다. 전력 질주하고 숨을 고르듯이 거친 숨을 몰아쉬었다. 그러다 사레들린 듯 기침을 해댔다. 옆자리 승객의 기침 소리에 마음이 쓰였다. 물을 주고 싶었는데 먹던 물밖에 없었다. 물이 제일 필요한 상황이었지만 먹던 물병을 줄 수는 없어서, 대신 아이들 간식으로 준비해 온 귤 두 개를 건넸다. 커튼 사이로 "이거요." 하고 귤 두 개를 들이밀었다.

옆자리 승객은 커튼 사이로 얼굴을 내밀어 아니라고 괜찮다고 손사래를 쳤다. 하지만 나는 "필요할 거 같아요."라고 말하곤 귤 두 개를 든 손을 한 번 더 내밀었다. 승객이 마지못해 "감사합니다." 하고 받아 들었다. 아니라고 말하긴 했지만 정말 필요한 상황이었다. 그녀는 바로 귤 하나를 까서 먹었고, 기침 소리는 잦아들었다. 잠시 후에는 들리지 않았다.

나는 만성기침을 하고 있다. 빠른 걸음으로 걷다가 멈추면 심장박동이 빨리 뛰면서 또 심하게 기침이 나곤 한다. 빠른 걸음으로 또는 달려가서 버스에 오르면 어김없이 기침이 나왔다. 한두 번 기침하고 멎으면 좋겠는데, 한 번 기침이 나기 시작하면 꽤 오랫동안 기침이 나왔다. 입을 다문 채 기침을 했지만, 마지막 깊은 기침이 한 번 나와야 진정이 되곤 했다. 기침 예절을 지켜 팔에다 대고 했지만, 불쾌한 상황은 어찌할 도리가 없었다. 어떤 승객은 나를 피해 다른 곳으로 자리를 옮겼고, 어떤 승객은 보란 듯이 내 쪽으로 슬쩍 얼굴을 돌렸다가 창문을 열었다. 어떤 승객은 '에~잇!' 하고 혀를 차며 언짢은 내색을 했다. 기침하느라 몸이 힘든 데다 다른 사람들까지 신경이 쓰여 얼굴은 벌겋게 달아올랐다. '저, 코로나 환자 아니고요. 감기 환자도 아니에요.'라고 말도 못 하고 죄인처럼 얼굴을 숙이고 어서 기침이 멈추기를 바라고 또 바랐다.

그런 일들을 겪고 나서는 가방에 껌이나 사탕, 물을 꼭 챙겨 다닌다. 목이 건조하면 기침이 더 심해지니까 내 나름의 대안은 목을 촉촉하게 하는 거였다.

고속버스 옆자리에서 기침하는 여자 승객을 보니 난처했던 나의 상황이 떠오르면서 뭐라도 하나 챙겨 주고 싶었다. 옆자리 승객이 안정을 찾은 걸 보니, 내 마음도 편안했다.

겨울이라 창밖은 어두웠다. 저녁 시간인데도 고속도로에는 한밤중처럼 짙은 어둠이 깔렸다. 자연스레 잠이 들었다. 휴게소에서 잠깐 쉰다는 기사님의 안내 방송을 듣고 눈을 떴다. 아이들을 데리고 차에서 내려 기지개를 켜고 찬 공기를 들이마셨다. 잠도 몸도 깨우는 시간이었다.

아이들을 데리고 휴게소 편의점으로 갔다. 음료수를 먹고 싶다고 해서 아이들 마실 음료를 사려고 했다. 내 옆자리에 앉았던 여자 승객이 뽀로로 주스 두 개, 커피 하나를 들고는 우리에게 다가왔다. 우리 주려고 샀다며 나에게 음료는 사지 말라고 했다. "아니 무슨 아이들 음료에 제 커피까지…." 안 그래도 된다고 얘기했는데 한사코 주고 싶다고 해서 그럼 아이들 것만 받겠다고 했다. 아이들은 영문도 모른 채 음료수를 받아 들고 고맙다고 인사를 했다. 아이들에게 여자 승객에게 귤을 전한 이야기를 해 주었고, 그제야 아이들도 이해했다.

음료수 답례를 기대한 건 아니었지만, 작은 배려가 또 좋은 마음으로 이어진 거 같아서 기분이 좋았다. 나는 낯선 사람에게 말을 건다든지 선의를 베푼다든지 하는 일에 익숙한 사람은 아니다. 무심하리만치 관심이 없던 날들도 많았다. 다만 그날은 옆자리에 앉은 승객의 기침 소리에 내가 힘들었던 순간이 생각났고, 그녀를 돕고 싶은 마음이 절로 들었다.

겪은 만큼 보이고 겪어 봐야 아는 것이 인생이라면, 내 마음에 생채기를 남긴 숱한 경험을 감사히 여겨야 할는지도 모르겠다. 귤과 음료수가 오갔지만, 마음과 마음이 오간 것에 비할 수는 없었다.

마음을 쓰는 일

여고생이었던 어느 날이다.

책이 가득 든 무거운 가방을 메고 버스에 올랐다. 왼손에는 도시락 가방을 들고, 오른손으로는 회수권을 요금함에 넣고 버스 안으로 들어갔다. 몸이 뒤로 쏠릴 만큼 터질 듯 빵빵한 가방은 만원인 버스에서 전봇대 같은 장애물이었다. 도시락 주머니를 손목에 걸고 내가 선 자리 앞 의자 손잡이를 잡았다. 누가 건드리기만 하면 휘청 넘어갈 거 같은 가방 뒤로, 승객들이 지나갔다. 나는 내 자리를 지키기 위해 버텼고, 지나가는 승객은 버스 뒤로 가려고 기를 썼다. 버티는 사람도, 뚫고 지나가는 사람도 불편하기는 마찬가지였다. 그렇게 한두 차례 실랑이하다 교복 매무새를 가다듬고 바로 서면 앞자리에 앉은 아주머니도 눈치를 챈다.

"학생, 가방 이리 줘. 내가 들어 줄게."

괜찮다고 사양하다가 또 책가방으로 휘둘릴까 못 이기는 척 가방을 맡겼다.

"가방 무거워요."

묵직한 가방을 내려놓고 신경이 쓰였지만, 한결 가벼워진 어깨에 덩달아 마음도 홀가분했다.

'휴~ 이제 좀 살겠네!'

그 시절에는 버스를 타고 다니는 사람들이 지금보다 훨씬 많았다. 버스에 앉은 사람들은 서 있는 사람을 배려하는 마음이 있었다. 학생들이 둘러멘 책가방을 들어주기도 하고, 손에 무거운 물건을 들고 있으면 자리에 앉은 사람들이 대신 들어주기도 했다. 무거운 물건은 앉아 있는 사람이 들어주는 게 무언의 법칙처럼 자연스러운 시절이었다.

한 번은 자리에 앉아 있던 승객이 앞자리에 선 여자 승객의 핸드백을 들어주겠다고 했다. 그 모습을 본 나는 '뭔 핸드백까지 들어주나?' 생각했는데, 핸드백이라도 무거웠는지 스스럼없이 맡기는 것을 보고 '희한하다' 생각했다. '핸드백도 들어 주는구나!' 하고 그냥 넘어갔으면 좋았을 거다.

어느 날 승객이 많은 버스 안이었다. 나는 버스 맨 앞자리에 앉았고, 그녀는 버스 계단에 겨우 올라선 채로 버스 앞문 쪽에 있는 기다란 봉을 잡고 있었다. 버스 앞 계단에서 위태롭게 서 있는 그녀가 안되어 보여서 핸드백이라도 들어주겠다고 "가방 주세요." 했더니, 그분이 놀라면서 "아니 괜찮아요."라고 했다.

지금 생각해 보니 정말 그 당시로는 보기 드물게 작은 가방이었다. 내 얼굴이 붉어졌다. 마치 남의 가방에 손대는 사람처럼, 친절을 베풀려다가 망신만 당할 뻔했다. 말은 안 했어도 그 승객도 많이 놀랐을 것이다. '저 학생 뭐야~' 하고 나를 매섭게 보지나 않았을지 말이다. 다른 사람의 행동을 보고 이상하다 싶었으면 안 해야 하는데 나도 모르게 본 대로 행동한 게 너무나 부끄러웠다. 손버릇이 나쁜 학생으로 여기거나 하면 어쩌나 하고 괜한 오해만 샀다 싶었다. 후회막급이었고 20년이 더 지난 지금까지도 생각하면 얼굴이 찌푸려지는 장면이다. 마음을 잘못 썼다.

지금은 시대가 많이 변했다. 요즘은 가방을 메고 탄 버스가 만원이면 기사님이 가방을 앞으로 안으라는 안내를 한다. 가방을 뒤로 메고 있으면 서 있는 사람이나 들어가는 사람 모두가 불편한 것을 알기 때문에, 이제는 기사님이 먼저 말해 주기도 한다. 그래서인지 요즘은 가방을 앞으로 메고 타는 사람들이 많아졌다. 가방을 안고 있으니 등 뒤로 지나가는 사람이 불편할 일은 없었다. 그러나 가방을 들고 있으나 앞으로 메고 있으나 가방을 들어주는 문화도 사라졌다. 앞에 선 사람의 짐을 받아주는 일은 이제 찾아보기 힘들다. 지금 어린 세대들에게 "옛날에는 그랬다."라고 이야기를 해 줘야 할 만큼 보기 드문 일이 되었다. 예전처럼 무거운 짐을 들고 버스를 타는 일이 줄기도 했고, 핸드폰 보느라 주변 상황에 관심을 둘 겨를이 없는 현실도 한몫했다. 세상이 편리하게 변한 것 못지않게 정겨운 문화도 함께 사라지는 것 같아 씁쓸하기도 하다.

12월 한 달간 산타 버스 기사님이 있다는 뉴스를 우연히 보게 되었다. 천안에는 산타 버스를 운전하는 기사님이 있다. 사비를 들여 버스 안을 크리스마스 장식으로 예쁘게 꾸며서 운행하고 기사님도 산타 복장을 하고 운전했다. 버스에 오르는 꼬마 손님들에게는 과자 선물도 잊지 않았다. 정(情)이다.

버스에 오른 할아버지 승객이 인터뷰하며 말했다. 크리스마스로 꾸며진 버스를 타니 왠지 기분 좋은 일이 생길 거 같다고 말이다. 꿈과 희망을 주는 버스라고 해야 할까? 어린이들만 기대하고 고대하는 크리스마스가 아니라 할아버지도 기대하게 만드는 산타 버스였다.

누가 시키지도 않았건만, 많은 승객에게 즐거움을 주기

위한 기사님의 마음은 승객들을 기쁘게 했고 감동을 주었다. 기사님의 마음은 많은 승객의 마음을 움직여 감사 편지와 메모가 버스 안에 가득하게 했다. 또한 2005년부터 23년까지 18년째 기부모금함도 설치되어 운영되었고, 십시일반으로 모인 돈이 삼천만 원이라고 했다. 기사님이 베푼 사랑은 더 큰 사랑을 만들어 냈다.

버스 기사는 승객들의 행복 충전을 위해 한 일이라지만, 이런 것이 '마음을 쓰는 일이구나!' 했다.

감동은 사람을 움직인다.

3장

버스에서 인생을 배우는 시간

버스를 타고 타인의 삶을 보고, 내 삶을 돌아보기도 하고, 더 나은 사회를 꿈꿔 보기도 한다.

너도나도 노숙

겨울이라 오색찬란한 자연은 아니지만 나뭇가지의 앙상한 모습은 있는 그대로 운치가 있었다. 텅 빈 거리의 고요한 아침이었지만 경리단길 입구를 지나는 길에선 늘 호기심이 발동했다. '저런 곳에도 카페가 있네.'라는 생각이 들 만큼 골목 구석구석에 상점이 들어서 있었다. 골목으로 들어가면 더 재미난 볼거리가 있겠다 싶었지만, 길가에 있는 가게들만 겨우 볼 수 있었다. 카페, 맥주를 파는 슈퍼, 꽈배기 가게, 이탈리안 음식점, 한식집, 철학관 등이 있었지만, 아침 시간이라 문은 닫혀 있었다. 그 가게에는 어떤 이야기가 함께하고 있을지 궁금했다. 버스 안에서 보기만 했지, 한 번도 내려서 들어가 본 적은 없었다. 나에게는 미지의 세계이자 동경의 세상이기도 했다.

세상 구경 삼아 하염없이 창밖을 내다보던 어느 날 내 눈에 들어온 긴 줄!

명동 신세계백화점 앞을 지나는데 사람들이 이른 아침부터 줄을 서 있었다.

'백화점에서 행사를 하나?'

그다음 날도 또 그다음 날도 줄을 서 있었다.

'어라? 롯데백화점 앞에도?'

며칠이 지나서야 알았다. 신세계백화점 앞에도 줄을 선 사람들이 있고, 롯데백화점 앞에도 사람들이 줄을 서 있었다. 자세히 보니 명품관 앞이었다. 명품을 사려고 새벽부터 나온 사람들이 선 줄이었다.

'와~ 나는 새벽에 일어나 출근 중인데 저 사람들은 명품

사려고 새벽부터 줄을 섰구나!'

'명품을 사려고 새벽부터 줄을 서다니 정말 대단하네. 나는 이 시간에 돈 벌러 가는 중인데….'

그렇게 며칠 동안 백화점 앞을 지날 때마다 '오늘도 줄을 섰나?' 하고 쳐다보곤 했다. 텐트를 친 사람, 간이 의자에 앉은 사람, 담요를 뒤집어쓰고 있는 사람들도 보였다. '아니~ 저렇게까지? 도대체 언제부터 나와서 줄을 섰을까?' 그들의 모습이 놀라웠다.

사고 싶어도 물건이 없어서 살 수 없다는 이야기를 들은 기억이 났다. 그래서 원하는 물건을 사려면 백화점 문이 열릴 때 바로 뛰어들어가 기회를 선점해야 한다고 했다. 백화점 문 여는 시간에 맞춰 오면 되는데, 그 경쟁도 치열한지 새벽부터 줄을 섰다는 것이 믿기 어려웠지만 눈앞에서 보고야 말았다. 문득, 우리가 언제부터 '오픈 런한다.'는 말을 쓰게 된 것인지 궁금해졌다.

'오픈 런'이란 'open'과 'run'의 합성어로, '매장이 오픈하면 바로 달려간다'라는 뜻이다. 보통 원하는 물건을 구매하기 위해 개장 시간을 기다리다가 문이 열리면 달려가 구매하는 것을 의미한다. 여성에게 인기 있는 샤넬이 오픈 런의 선두 주자라고 했다. 그렇지 않아도 샤넬 진열장 주변으로 줄을 서 있어서 명품을 사려는 사람들이라고 알아보았다. 가격이 오른다는 말이 나오면 가격 상승 전에 사려고 오픈 런을 많이 한다고 들었다. 돈이 있어도 물건이 없어서 못 사고, 가격이 오른다는 말이 나오면 살까 말까, 했던 물건들을 사게 된다고 말이다.

아무튼 아침부터 지각하면 안 된다는 강박과 맞서 싸우면서 시각을 다투는 나는, 언제부터 서 있었을지 모를 명품 구매자들의 줄을 보니 씁쓸했다. 모두가 같은 시각을 맞이하면서도 다른 세상을 살아가고 있었다.

또 한편으로는 줄을 서 있는 시간이 참 아까웠다.

'시간을 돈으로 환산해도 명품 가방의 가격상승분과는 비교가 안 되는 것일까?'

'오픈 런'을 알아보다가 알게 된 사실이 있다. 명품 가방 구매자가 직접 줄을 서기도 하겠지만, 줄을 대신 서는 아르바이트가 있다고 했다. 실구매자가 줄을 서는 게 아니라 대신 줄을 서는 아르바이트라면 또 생각이 달라졌다. 새벽잠을 이기고 나오는 게 힘들긴 하겠지만 가만히 줄만 서 있으면 되는 것이 아닌가. 줄 서 있는 동안 책을 읽거나 웹 서핑할 수도 있으니, 아르바이트로는 수월해 보였다. 시급으로 12,000~16,000원까지 받는다고 하는데 3시간에 4~5만 원 정도가 되니 용돈벌이로는 괜찮지 않나?

무슨 일이든 어떤 시각으로 문제를 바라보느냐에 따라 해석은 달라지게 마련이다.

백화점 명품관 앞에 선 줄을 보고 또 새로운 세상의 이면을 알게 되었다. 이른 아침부터 개장 전에 줄을 선다고 텐트를 치고 있거나, 간이 의자에 앉아 담요를 덮고 있는 것을 보면서 '새벽에 노숙한 거나 마찬가지네.' 하고 생각했다. 명품의 인기도 실감하면서 말이다.

종로2가 정류장에서 내려 건널목을 건넜다.

이른 아침, 상가 1층은 셔터가 내려져 있다. 셔터가 내려진 계단 앞에 노숙인 한 명이 앉아 있었다. 묘한 기분이 들었다. 흐트러진 머리, 까무잡잡한 얼굴, 초점을 잃은 눈, 두꺼운 외투를 입고 팔짱을 낀 채 몸을 웅크리고 앉아 있는 노숙인.

노숙인들과 직접 이야기를 나누어 본 적은 없지만, 노숙인이 된 저마다의 사연이 궁금했다.

'가족도 있을 테고, 직장도 있었을 텐데, 어쩌다 노숙인이 되었을까?'

사회의 가장 약한 자들이지만 또 한편으로는 가까이 다가오면 어쩌나 두렵기도 한 사람들이다.

명품을 사려고 새벽에 줄을 선 사람들과 갈 곳이 없어 길거리를 누비는 노숙인.

그날 그들은 모두 명동, 종로 거리의 노숙인이었다.

이거 좀 읽어 주세요

눈이 침침하다.

안경을 쓰고 책을 읽는데 뿌옇고 답답하다. 안경을 벗어 보았다. 훨씬 편했다.

'뭐야? 안경을 안 쓰는 게 더 낫네.'

그랬다. 시력이 많이 나빠져서 멀리 있는 글자는 잘 안 보이고, 가까이 있는 글자는 안경을 벗고 보는 게 더 나았다. 근시인가 생각했다. 눈앞이 흐려서 안경을 벗고 책을 읽곤 했다. 안경을 쓰다 벗었다 반복하는 것이 번거롭다 느껴지던 어느 날, 내 머리를 스치는 장면이 있었으니. 나보다 열 살 많은 선배님이 컴퓨터 모니터를 볼 때마다 안경을 머리 위로 올리는 모습이다. 선배님을 보면서 '노안인가?' 생각했는데. 책을 보다가 안경을 벗는 내가, 딱! 그 모습이다 싶어 마음이 쓰렸다.

'벌써 노안이라니….'

시력이 나빠진 건지, 노안이 맞는지 궁금해서 안과 진료를 받았다. 의사는 시력이 크게 나빠지진 않았고 노안이라는 말은 꺼내지도 않았으며, 다만 스마트폰을 많이 본 거 아니냐고 물었다.

'그랬나? 내가 스마트폰을 많이 봤나?'

하고 나의 생활을 돌아보았다. 많이 보긴 했다. 아이들 앞에서는 안 보겠다 했지만, 많이 봤다. 나름의 핑계도 많았다. '엄마는 인터넷으로 장을 본다. 너희들이 필요한 물건 인터넷 쇼핑으로 사고 있다. 책도 구매하고 신발, 옷, 악기, 가방, 미술관 박물관 관람권도 다 인터넷으로 구매하니까 자주 쓸 수밖에 없다. 게다가 은행 업무도 스마트폰으로 한다.' 하고 얘기했는데, 이야기하면서도 어찌나 구차한지. 그런 걸 일일이 이야기하는 것이 핑계 같긴 한데, 또 한편으로 완전히 틀린 말은 아니었다. 다만 그게 다라고 할 수는 없는 것이 문제였다.

드라마 몰아보기라든지, 논쟁거리가 되는 사회 이슈라든지, 육아 · 교육 관련 유튜브 방송도 보면서 스마트폰을 많이 썼다. 거기다가 지인들과 주고받는 카톡 메시지도 무시할 수 없었다. 스마트폰을 손에서 놓지 못하는 이유 중 하나였다. 한때는 내가 스마트폰을 얼마나 사용하는지 궁금해서 스마트폰 사용 시간을 알려 주는 앱을 깐 적이 있다. 1~2시간 정도 예상했으나, 2시간은 훌쩍 넘고 어느 날은 4시간 가까이 되는 날도 있었다. 그러니 생각했던 거보다 훨씬 더 많이 스마트폰을 쓰고 있었다. 자는 시간 8시간, 근무 시간 8시간을 빼고 나면 남은 8시간 중 최소 두 시간만 본다고 해도 4분의 1인데… 스마트폰을 많이 보고 있었다.

'와~ 눈이 침침하지 않을 수 없겠구나!'

안과 의사가 왜 그런 질문을 했는지 의중이 이해되었다. 스마트폰 사용 시간을 줄이기로 했다. '스마트폰을 왜 쓰지?' 하고 생각해 보면 별 이유 없이 습관적으로 손이 가는 경우도 많았다. 대중교통으로 이동 중이거나 식당에서 음식이 나오기를 기다린다거나 그런 시간에 해당한다. 신기하게도 스마트폰을 쓰다 보면 쓸 일이 또 계속 생긴다. 꼬리에 꼬리를 물고 볼 것들이 계속 제공되었다. 눈 건강에는 좋을 리 없다. 핸드폰을 많이 사용해서 눈이 침침했나 보다 했다.

퇴근길 버스 안이다.

서서 가고 있었다. 내가 선 자리 앞에 앉은 아주머니가 핸드폰을 보고 있었다. 갑자기 나에게 핸드폰을 들이밀더니, 핸드폰에 찍힌 문자 메시지를 좀 읽어 달라고 했다. 글자가 잘 안 보인다고 말이다. 급한 일이라서 그런다는 말도 덧붙였다. 이런 일은 처음이라 당혹스럽기도 했지만, 순순히 핸드폰을 받아 보았다. 아주머니의 핸드폰을 보고는 적잖이 놀랐다. 핸드폰에서 가장 큰 포인트가 아닐까 싶게 큰 글자였기 때문이다. 사실 나는 핸드폰 글자 포인트를 그렇게 크게 키울 수 있다는 것도 그때 처음 알았다.

핸드폰에 적힌 대로 또박또박 읽어 드렸다. 아주머니는 고맙다고 말하고는 다시 핸드폰을 받았다.

낯선 승객의 핸드폰 문자 메시지를 읽어 주는 일은 상상도 못 한 일이라 마음속으로 웃었다.

'다른 사람의 문자 메시지를 읽어 주게 될 줄이야~'

한편 그렇게 큰 글자도 안 보여서 낯선 사람에게 읽어 달라고 하는 아주머니가 안쓰럽기도 했다. '나이가 들면 이렇게 시력이 나빠지는구나!' 그것을 눈으로 확인하고 보니 누군가를 도와줬다는 즐거움보다는 근심이 더 커져서 나도 모르게 눈을 깜빡거렸다.

'저렇게 큰 글자도 보이지 않는 때가 오는구나!' 하는 두려움도 생겼다. 눈앞에 놓고도 그 큰 글자를 읽을 수 없는 날이 온다니…. 지금은 남의 일이지만, 책을 읽으면서 안경을 벗어 놓는 나에게 머지않은 일일지도 모르겠다.

시력이 좋다는 내 친구들도 이제는 작은 글씨를 읽을 때면 종이 든 손을 멀리 내뻗는다. 전단이든 메뉴판이든 잡은 손을 멀리 뻗고, 몸을 뒤로 물릴 때면 어김없이 웃곤 했다. 왜 우리는 노화로 인해 쇠퇴해 가는 상황에서도 웃는 걸까? 내 아무리 노력해도 바꾸기 어렵고, 아니라고 부인하려 해도 차마 부인할 수 없는 슬픈 현실에 웃을 수밖에 없었다. 자연의 이치에 순응해 사는 법이다.

오늘 버스 안에서 핸드폰 화면 가득 큰 글자를 읽어 준 에피소드는 건강을 생각하게 했다.

40대, 노후를 위한 준비 1순위는 건강이다.

버스 타고 보는 세상만사

시청 광장 앞을 지나고 있었다.

광장 주변으로 방송사 차들이 줄지어 서 있다. 무슨 일인가 하고 보니, 이태원 참사 희생자를 추모하는 분향소가 설치되고 있었다. 그 현장을 보니 먹먹했다.

핼러윈 행사는 영어 학원에서 영미권 문화 체험의 하나로 시작되었다. 2022년 둘째 어린이집에서도 핼러윈 행사를 한다고 하기에 점점 규모가 커지는 게 아닌가 싶었다.

학교 아이들도 핼러윈 행사를 하고 싶다고 했는데 올해는 안 하겠다고 했다. 코로나19를 겪으면서 이렇다 할 문화행사를 즐기지 못한 아이들이 핼러윈 행사를 학교에서 친구들과 같이하고 싶어 했다. 그래서 2021년에는 아이들 스스로 핼러윈 분위기를 꾸며 볼 수 있게 시간을 주었다. 표현 욕구가 잠재워져 있었는지 아이들 모두 핼러윈 파티를 꾸미는 데 열과 성을 다했다. 그 모습을 보는 것만으로도 미소가 지어졌다. 하지만 올해는 단호히 하지 않는다고 했다. 작년이 처음이자 마지막이라고 다짐했기 때문이었다. 대신 사탕이나 초콜릿은 간식으로 주자 했는데, 밤사이 핼러윈 축제를 즐기려다 153명이 압사했다는 믿기 어려운 일이 발생했다.

이태원에 자주 가진 않았지만, 이태원의 골목이 어떤 모습인지는 알고 있었다. 경사진 골목에 바닥은 울퉁불퉁하고 다니기 불편한 곳이다. 그곳에 많은 인파가 뒤섞여 있다가 도미노처럼 쓰러진 생각을 하니 정말 아찔했다. 거기다 아위고 앳된 20대들을 생각하니 망연자실했다.

'이게 도대체 무슨 일이야….'

코로나19 때부터 마땅히 누려야 할 일들도 제대로 못 누리고 실내에서 2년을 꼬박 보냈다. 이제야 밖으로 나와 축제 한번 즐겨 보자 한 것인데, 정말 아까운 목숨이다.

사고는 그렇다. '아차!' 하는 순간에 일어난다. 매일매일 신경 써 지키지 않으면 안 되는 것이 안전사고다. 지루하고 힘들게 여겨져도 항상 준비하고 점검하고 두루 살펴야 하는 게 안전사고다. 그런 일은 한 번, 또는 자칫 방심했을 때 머피의 법칙처럼 사고로 이어진다. 이 일로 이렇게 많은 젊은이의 목숨을 잃을 것이 아니었는데 아무리 생각해도 아깝고 원통했다. 앞으로가 더 창창한 젊고 건강하고 예쁜 사람들을 이렇게 허망하게 잃다니….

많은 인파가 있는 곳은 항상 조심해야 한다. 어느 날 아침 출근길, 지하철 신도림역에서 내렸을 때가 생각났다. 정말로 많은 승객이 지하철에서 내려 승차장을 빠져나가야 했다. 지하철에서 내리기도 힘들었지만 내리고 나서도 문제였다. 내 의지와는 전혀 상관없이 휩쓸려 갔다. 걷고 있다기보단 떠밀려 가듯 그렇게 붕 뜬 기분으로 앞으로 나아갔다. 분명 어느 지점에 내려가는 계단이 있다는 것을 알고 있었는데, 그 계단이 어디인지 알 수 없었다. 그 순간 공포가 밀려왔다. 앞이 보이지 않았기 때문에 나처럼 단신인 사람은 더 무서울 수밖에 없었다. 그날이 떠올랐다.

인터넷 뉴스를 보니 나와 같은 경험을 한 사람들이 출퇴근길 인파로 인해 신도림역 지하철 승강장도 위험하다고 이야기하는 것이 기사가 되었다. 지하철 출근길의 혼잡함은 하루 이틀 일도 아니다. 이런 일은 미리 사고 예방 시스템을 마련해야 한다. 사회시스템의 문제, 시민의 질서 의식 등 어느 것 하나 그냥 지나칠 수 없다. 다시는 이태원과 같은 일이 일어나지 않도록 시스템을 구축해야 한다.

'조금만 빨리 서둘렀어도 결과는 다르지 않았을까?'

버스를 타고 서울 중심가로 다니다 보니 자연스레 사회의 여러 모습을 보게 된다. 시청 앞에서부터 광화문까지,

그곳에서는 수많은 사람이 모인다. 정치, 사회, 경제와 관련된 많은 사건 사고, 그에 대한 사람들의 외침은 끊임이 없다. 가끔은 내가 전혀 관심 없던 일들도 보게 되는데, 그럴 때야 비로소 '아~ 이래서 사람들이 시위하는구나, 집회하는구나.' 하고 생각한다. 외치지 않으면, 우리는 같은 시대, 같은 시간을 살고 있어도 모르고 지나가는 일이 많다.

한 곳에 사람들이 모여 있으면 무슨 일인가 하고 보게 되는 게 당연지사. 모여서 외치는 소리가 무엇인지 귀를 기울여 본다. 이야기를 들어줄 사람이 필요하다는 것이니까.

속속들이 알진 못해도 세상 사람들의 이야기는 항상 궁금하다. 버스 안에서 만나는 승객들도 저마다의 사연이 있겠고, 차창 밖으로 지나가는 사람들도 저마다의 사연을 안고 살겠지. 그리고 한자리에 모여 같은 뜻을 펼치는 무리를 보면 또 '저 사람들은 어떤 사연이 함께 하고 있을까?' 하고 생각한다.

버스 안에서는 심심할 틈이 없다.

버스를 타고 타인의 삶을 보고, 내 삶을 돌아보기도 하고, 더 나은 사회를 꿈꿔 보기도 한다.

우리들의 절망은 우리만 알아요

날은 좋았으나 아들은 안 좋았다. 아들에게 열이 있다는 어린이집 전화를 받고 아이를 데리러 가던 길이었다. 다행히 버스는 막힘없이 쌩쌩 잘 달렸다. 예상보다 일찍 도착할 수 있겠다는 생각에 마음이 놓였다. 좌회전 신호를 받고 버스는 대기 중이었다. 좌회전해서 버스 전용도로에 진입해 조금만 더 가면 바로 버스 정류장이다. 그런데 이게 웬일. 복병이 생겼다. 한 무리의 시위대가 도로를 점령했다.

장애인 시위대였다.

휠체어에 탄 장애인 한 명 주위로 두세 명이 함께 움직이고 있었다. 그 시위대를 경찰들이 경호하며 걸었다. 하필 좌회전 신호가 걸린 시점에 시위대가 도로로 진입하다니. 간발의 차이였다. 이제 차가 언제 움직일지 알 수 없는 상황이 되었다. '좌회전만 하면 됐는데~' 아쉬움의 한숨이 연신 쏟아져 나왔다.

자가용을 운전하던 한 시민은 간발의 차로 지나가지 못하게 되자 차에서 내려 소리를 지르기 시작했다. 갑자기 이렇게 차량 통행을 금지하면 어떡하냐고, 빨리 교통정리를 해 달라고 소리 질렀다. 그러나 아무도 멈추지 않았고, 시위대 행렬을 멈추어 세울 수도 없었다. 자동차 운전자가 크게 화내는 것도 이해가 되었다. 시위 행렬을 막아설 방법은 없는, 그렇게 답 없는 현장이었다.

시위대의 규모가 어느 정도인지 보려고 버스 뒤 큰 창쪽으로 가서 살펴보았다. 가톨릭 성모병원에서부터 반포대교 방향으로 시위 행렬이 쭉 내려오고 있었다.

'와~ 이러다간 한 시간도 더 갇히겠는데~ 날도 더운데 이게 무슨 고생이람.'

마음이 안 좋았다. 우리 사회 곳곳에 장애인을 위한 복지가 미흡한 건 맞다. 그들의 불편을 해소해 주어야 한다. 그들의 요구사항이 받아들여지지 않았기 때문에 출근 시간에, 퇴근 시간에 나와서 시위하는 것 아닌가.

'제발 우리말 좀 들어달라고!'

나도 교육 문제를 놓고 시위한 적이 많아 시위대의 마음에 공감할 수 있었다. 더운 날 아스팔트 위를 걸으며 자신들의 요구를 침묵으로 호소하는 장애인들도 습기를 머금은 더위처럼 묵직하게 처진 모습이었다.

'저 행군은 어디까지 계속되려나….'

시위대 첫 줄이 진입하는 곳에서 버스가 서게 되어, 앞으로 얼마나 더 기다려야 할지 알 수 없었다. 어떤 한 승객이 버스 문을 열어 달라고 했다. 내려서 걸어가거나 지하철을 타고 가거나 다른 방법을 택하는 수밖에 달리 방법이 없어 보였다. 문을 열어 줄 수 없는 구간이었지만, 버스 기사도 고민 끝에 문을 열어 주었다. 버스에서 승객들이 내리니 주변에 있던 경찰들은 시위대와 버스에서 내린 승객이 충돌하지 않도록 순식간에 길을 터 주었다. 승객들과 함께 나도 재빨리 시위대 사이를 통과해 인도로 올라섰다. 인도에서 시위 행렬을 지켜보았다. 더운 날씨에 아스팔트 위를 천천히 말없이 행진하는 그들의 이야기가 무엇인지 궁금했다. '장애 등급 폐지'라는 피켓이 있었는데, 자세한 내용은 알지 못했다. 사회에 관심이 있다고는 하지만 사실은 모르고 사는 일이 더 많았다. 장애인 관련 문제도 그런 일 중 하나였다.

시위라고 하면 대개 특정 집단이 그들의 이권을 위해 싸운다고 여기지만 꼭 그렇지만은 않았다. 정당하지 않은 시스템이나 조직 구조, 환경 등에 대한 개선을 촉구하는 시위도 많다. 모든 일은 당사자들이 제일 잘 알고 느끼는 바이기 때문에 그들의 이야기를 먼저 들어야 한다. 그런 의미에서 그들의 행진이 더욱 힘겨워 보이면서도 애잔했다.

4월 20일은 장애인의 날이다. 학교에서는 4월에 장애 인식 교육을 한다. 한 번은 장애인이 직접 강사로 수업에 참여하였다. 그는 휠체어를 타고 교실로 들어왔다. 장애인 강사는 아이들에게 자신을 소개했다. 그리고 자신이 장애를 가지게 된 이야기를 들려주었다.

그는 건강한 대한민국의 청년이었다. 어느 날 밤 집으로 돌아가는 길에 사고를 당했다. 그가 걷던 길은 낭떠러지가 있는 도로변이었다. 마주 오던 차가 헤드 라이터를 켜고 달려와 눈이 부셔서 잠깐 옆으로 비켜섰을 뿐인데, 일어나 보니 병원에 누워 있었다. 차가 지나갈 때 잠깐 옆으로 비켜선다고 발을 디딘 것이 낭떠러지였다. 2미터 정도 높이에서 떨어지면서 의식을 잃었다고 했다. 그때 척추 손상으로 걸어 다닐 수 없게 되었다고 강사는 말했다.

교실에 있던 아이들과 나는 모두 할 말을 잃었다. 강사는 20살이 넘어 장애인이 되었다고 했다. 정상적인 생활을 하다가 장애인이 되고 보니 불편한 점이 한두 개가 아니라며, 우리 모두 장애인이 될 수 있다고 했다. 잠재적인 장애인이라고. 그래서 항상 조심해야 한다는 이야기를 잊지 않았다. 그리고 다리에 장애는 있지만 우리 모두 같은 사람임을 강조해 주었다. 차별받아서는 안 되고, 모두가 귀한 사람으로 존중받아 마땅하다고 말이다. 본인의 경험을 토대로 이야기해 주어서 큰 울림이 있는 시간이었다.

'시위 행렬 속에 그 강사님도 있었을까….'

아들을 데리러 가는 급한 길이었지만 짜증도 화도 나지 않았다. 말없이 행진하는 시위 행렬이 주는 묵직함에 내 마음도 무거웠다. 그들의 시위가 오늘이 마지막이기를….

아들 생각이 났다. 아들을 빨리 데리러 가야 했지만 걸어갈 수밖에 없었다. 이 도로나 저 도로나 다 막힌 상태였다. 평소에도 막히기로 유명한 곳인데 그날은 더 일찍부터 차가 막혀서 운전자들은 꽤 힘들었을 것이다. 그날 하루 한두 시간 힘든 것과, 장애인들이 매일 같이 번거롭고 힘겨운 시간을 보내는 것은, 감히 비교할 수 없지 않을까. 짜증이 나고 화나는 마음 대신 공감의 마음을 가져 보았으면 했다.

그날, 그들의 침묵시위가 우리 모두의 귀와 마음에 가닿기를 바랐다.

나이 들면 중심 잡기도 어려워

퇴근길 소공동 롯데백화점 정류장에서 143번을 탔다. 평소보다 승객이 더 많았다. 앉을 자리도 없고 의자 손잡이를 잡고 서서 가는 중이었다. 피로하고 졸리기도 했지만 이내 창밖을 바라보았다. 애플 스토어도 멋지게 들어서고 백화점 건너편 건물들이 멋지게 변신하고 있었다.

출근길에는 닫혀 있던 이태원 경리단길 가게들도 영업 중이었다. 상가마다 즐비하게 붙어 있는 간판이 보였다.

그날은 '철학관'이 눈에 들어왔다. 언젠가 독학으로 명리학을 공부해 보았다는 선배가, 자신이 철학관을 하면 잘될 거 같다는 이야기를 농담 삼아 한 뒤라 더 눈에 띄었다. 명리학을 공부한 이유는 자기의 인생이 너무 이해가 안 되어서라고 했다. 그런데 '사람이 사주대로 살게 된다면' 자신의 사주를 보니 자기의 삶이 이해된다고 했다. 선배의 이야기를 듣기는 했지만 감이 오지 않았다.

30대 초반이었나 보다. 친구 A가 철학관을 다녀온 이야기를 해 주었다. 뭔가 일이 안 풀리거나 답답할 때, 새로운 일을 시도하려고 할 때, 한 번씩 간다고 했다. 대개 결혼운, 직장 운, 불확실한 미래에 대한 궁금증을 풀고 싶어서 간다고 했다. 역술인의 말을 다 믿을 수도 없는데, 철학관에 간다는 게 좀 우습기도 했다. 그나마 좋은 이야기를 많이 해 줘서 위로받고 상담받는 기분이라고 했다. 역술인의 이야기가 운 좋게 맞을 때도 있지만 대부분은 시간이 지나면 들은 이야기도 잊어버리고 산다고 말이다. 그런데도 가는 이유는 답답해서라고….

'우리 삶이 뜻대로 다 되면 무슨 재미일까? 미래를 점칠 수 있다면 그 또한 무슨 재미일까? 주어진 일 열심히 하고 매 순간 감사하며 살아야지.'

언젠가 목사님이 설교 시간에 해 준 말도 생각이 났다.

"미래는 예측할 수 없습니다. 하지만, 우리 모두 죽는다는 것은 확실합니다."

친구가 전해 주었던 이야기와 내 안에 떠오른 말을 생각하며 창밖을 계속 응시하고 있었다. 한 아주머니가 내릴 준비를 하고는 자리에서 일어섰다. 일어서자마자 중심을 못 잡고 휘청하시더니 내 팔을 꽉 붙잡았다. 순식간에 일어난 일이라 아주머니도 나도 놀라기는 마찬가지였다.

"어휴~ 미안해요. 나이 들면 중심 잡기도 어려워."

미안한 기색이 역력한 아주머니는 목소리에 힘도 없었다. 그래도 못내 미안한 마음을 달래려 그랬는지 본인이 앉았던 자리에 앉으라고 자리를 비켜 주었다. 아주머니의 말에 괜찮다는 몸짓을 해 보였지만 아주머니는 어서 앉으라고 자리를 비켜섰다. 앉았다 일어서는데도 휘청하는 아주머니를 보니 걱정이 되었다. 정말 아주머니 말대로 나이 들면 중심 잡기도 어려울까? 자리에 앉아 창밖을 내다보는데, 엄마 생각이 났다.

엄마도 환갑이 조금 지났을 때 이명 증상으로 고생하신 때가 있다. 서울에 있는 전문 병원을 가 봐야겠다고 올라오셔서 내가 병원에 모시고 갔다. 엄마를 부축하고 걷는데 참 어색했다. 엄마 손을 잡거나 엄마 팔짱을 끼고 걷긴 했어도 이렇게 엄마를 부축하며 걸은 것은 처음이었나 보다. 책임감이 느껴졌다. 집안에선 막내라 그랬는지 책임감이랄 것까지 느끼며 지내지는 않았다. 그날은 엄마의 보호자로 병원을 내원하니 기분도 이상했다. 진료실에도 같이 들어가고 의사 선생님의 설명도 듣고 향후 주의 사항까지 귀담아들었다. 병원 진료를 마치고 나오며 엄마가 네가 있어서 다행이라 하는데 마음이 찡했다.

나이가 들면 기댈 일이 많아지겠지. 사람은 어느 때고

혼자 살 수는 없지만, 나이가 들어 누군가를 의지해야 할 때 어쩌면 의기소침해질지도 모르겠다. 가끔 아파서 누군가의 도움이 필요할 때 느끼던 기분을 나이 들어 자주 느끼게 된다면, 더욱더.

평균 수명이 길어지다 보니 길거리에서 노인들을 자주 보게 된다. 어르신이지만 곧은 자세로 걸으시는 분이 있고 구부정하게 걸으시는 분이 있다. 사정이야 다 있겠지만 단연코 곧은 자세로 걷는 분이 보기에도 좋다. 노후 준비해야 한다는 말에 주로 경제적 문제를 많이 이야기하지만, 더 중요한 것은 건강이라는 생각을 자주 하게 된다. 건강을 잃으면 다 무슨 소용일까? 부모님은 항상 젊을 때 건강관리 하라고 말했다. 운동을 한 사람하고 안 한 사람하고 나이 들면 대번에 차이가 난다고 말이다.

노후에 대해 생각해 보았다.

원하는 것을 하면서 주변에 덜 의지하고 살려면 건강이 역시 1순위다. 나는 지금 운동 부족이다. 숨쉬기와 걷는 게 전부고 육천 보라도 걸은 날은 운동을 많이 한 날에 해당한다. 운동을 해야지 하면서도 잘 안되는 부분이라 스스로 마땅찮을 때가 많다. 그러던 내가 운동에 절실해지는 순간이 생겼다.

요양원에 관한 기사를 접했을 때다. 가족들이 돌봐 줄 상황이 안 되거나 혹은 요양원이 더 낫다고 생각해서 들어간 곳에서 일어나는 일을 뉴스로 접하면서 마음이 몹시 힘들었다. 내 몸을 어찌하지 못할 때 남에게 의지하긴 하지만 그사이에 느낄 수 있는 좌절감, 모멸감 그런 것들을 뉴스로 접하고 보니 정신이 번쩍 들었다.

내가 아기를 돌볼 때는 정성을 다해 씻기고 먹이고 재우고 한다. 하지만 그건 어디까지나 아기보다 훨씬 큰 어른이 조그마한 아기를 돌볼 때다. 노인을 돌보는 일은 까다로우면서도 몇 배는 더 힘들지 않겠나. 그래서인지 뉴스에 나오는 비인간적인 돌봄을 보면 경악을 금치 못할 때가 있다. 그 기사들 덕분에 나는 운동해야 할 강력한 동기를 얻었다. 나이가 들어서도 내 한 몸, 내가 건사할 수 있는 게 최고가 아닐까.

버스 안에서 휘청거리신 아주머니는 젊어 보이셨는데, 멋쩍게 웃으며 나이 들면 중심 잡기도 어렵다고 처음 본 나에게 말할 때, 나도 모르게 그 말을 받아들이며 참 많은 생각을 한 순간이었다.

'나이 들면 중심 잡기도 어려워!'

몸의 중심뿐 아니라 마음의 중심도 잘 잡아야 할 텐데. 몸이 건강해야 마음도 건강하겠지만, 긍정적인 마음이 주는 효과도 무시할 수는 없다. 나는 아직 되돌아가고 싶은 시절이 없고, 언제나 지금 현재가 가장 좋다. 매일 새로운 경험을 하기 때문이다. 10대는 10대여서 좋았고 20대는 20대여서 좋았다. 그렇게 그 나이를 지나오면서 어떻게든 살아온 나의 지난날들이 때로는 기적처럼 느껴지기도 한다. 앞으로 내가 맞이할 날들에 대한 근심 걱정보다는 기대가 더 크다. 아직 배우고 싶은 것도 많고 해 보고 싶은 것도 많기 때문이다. 하고 싶은 일이 많다는 것은 여전히 내 안에 희망이 있다는 거겠지.

나이가 들어서 어렵고 힘든 일도 있겠지만, 나이가 들어서 즐겁고 보람된 일도 많을 것이라 기대한다. 책 읽고 글 쓰고, 미술관 나들이를 즐기는 감성 충만한 삶을 기대한다. 상상하는 일들을 이루기 위해서는 건강부터 챙겨야겠다.

마을버스의 쓸모

집 가까운 곳에 발령받아 다니던 학교는 마을버스로 통근할 수 있었다. 일반 버스보다 마을버스를 타면 학교와 더 가까운 정류장에 내리고 버스 요금도 쌌다. 이왕이면 마을버스를 이용하는 게 여러모로 이득이었다. 일반 버스보다 마을버스는 정류장이 2~3개 정도 더 많긴 하지만 학교까지 도착하는 시간에는 별 차이가 없었다. 출퇴근 버스로 마을버스를 이용할 수 있어서 좋았다.

둘째를 임신하고 보건소에서 제공하는 철분제를 받으러 갔다. 학교에서 가까운 거리에 보건소가 있으니 마을버스 타고 가면 된다고 생각했다. 마을버스 노선은 확인하지 않았다. 두 정거장 거리에 있는 보건소 앞으로 마을버스가 갈 거라고 믿었다. 마침 마을버스가 바로 왔고 매일 타던 사람처럼 호기롭게 버스에 올랐다. 큰 길가에 있는 보건소라 거리만 보고 탔다. 아직 보건소가 안 나왔는데, 마을버스가 우회전했다.

'어! 아니 여기서 우회전이라니?'

그제야 버스 안에 붙여진 마을버스 노선도를 보았다. 보건소가 있는 곳을 가는 건 맞다. 돌아 돌아 돌아서…. 일단 목적지에는 가는 버스니, 그냥 가 보기로 했다.

학교로 출퇴근해도 학교 주변 동네를 돌아볼 일은 없었다. 우리 학교 아이들이 다니는 길이라고 한 번씩 지나다녀 보긴 하지만 마을 곳곳을 알지는 못했다. 마을버스를 잘못 탄 바람에 발길이 닿지 않았던 마을 곳곳을 보게 되었다. 마을버스 노선 따라 이리저리 둘러보니 '아~ 여기가 거기구나' 했다. 아이들은 선생님이 당연히 알 거라 생각하고 동네 놀이터나 마을의 중심지, 건물을 말하며 자신의 경험담을 이야기했다. 안타깝게도 나는 전혀 모르는 장소들이었다. 아이들이 이야기하면 그런가 보다 하고 들어주긴 하지만 떠오르는 이미지가 없어서 답답했다. 마을버스를 타고 가면서 아이들이 말한 장소의 푯말도, 건물도 보게 되니 안개가 걷히듯 시원했다.

마을버스로 1차선 좁은 도로를 이리 돌고 저리 돌아 나오니 큰 도로가 나왔다. 큰 도로가 나와서 시야도 넓어지고 마음도 트이는 느낌이었는데 이번에는 평지가 아니라 경사진 곳으로 올라갔다. 평지를 잘 다니다가 넓은 3차선 도로에서 오르막을 만나니 또 새로운 기분이 들었다. 학교 가까운 곳이어도 내가 이렇게 지리를 모르고 살았구나 싶었다. 서울 시내가 은근히 고지대가 많다. 평지로 가다가도 어느 곳에서는 오르막이 나타나고는 한다.

마을버스는 노선은 짧아도 운전자 측면에서 보니 난도

가 있어 보였다. 오토바이, 자전거가 많이 다니는 좁은 도로를 달리거나 지대가 높은 곳을 오르내리는 일이 많으니 말이다. 마을버스가 다니는 길은 유동 인구가 많지는 않다. 걸어 다니기에는 멀고 택시를 타기는 가까운 애매한 거리의 틈을 마을버스가 메워 주고 있었다. 노선이 짧고 작은 차라고 해도 제 몫을 다하는 마을버스였다.

걸어서는 다닐 일이 없는 길을 마을버스를 타고 둘러보니 내 머리에 마을 지도가 그려지는 듯했다. 마을버스를 타고 낯선 거리를 하염없이 쳐다보았다. 아무리 가도 내릴 정류장이 나오지 않았다. 한참을 돌고 돌아 보건소 건너편에 내렸다. 정류장에 내려서 길을 내다보니 실소가 나왔다. 거리를 살펴보니 일반 버스를 탔으면 직선거리로 두 정거장 걸려 내렸을 곳을 빙 둘러 30분 정도를 타고 있었으니 대책 없는 내가 한심했다. '어이구 바보~' 하는 소리가 절로 나왔지만 이내 '동네 탐방 한번 잘했네.'라며 애써 위로했다.

학원 차량이나 봉고차처럼 작은 크기의 마을버스는 정답다. 마을버스는 차 안의 공간이 좁고 승객들과의 거리가 가깝다. 그래서인지 자연스레 인사가 나왔다. 마치 아는 사람의 차를 탄 것처럼 말이다. 실제로 마을버스를 자주 이용하는 마을주민들은 모두가 아는 이웃인 것처럼 일상 이야기를 나누는 것을 보곤 한다. "오늘 어디 가세요?" 하는 질문이 자연스럽게 오간다. 마을버스에서나 볼 수 있는 풍경이다. 어쩌다 한 번씩 타는 이웃 동네 마을버스 안에서 초행길의 승객은 영락없이 이방인이 된다. 그들의 대화에 낄 수 없고 나는 이 지역 사람이 아니니까 하고 잠자코 그들의 대화를 듣곤 했다. 마을버스 기사님과 알은척하며 이런저런 소식을 전하는 모습에서 사람 사는 냄새가 났다.

일반 버스가 다니지 못하는 구석구석을 다니며 시민들의 발 노릇을 하는 마을버스가 최근 들어 점점 줄어들거나 사라지는 곳이 많다고 했다. 아무래도 이용객 수가 적으니 운영하는 데 어려움이 있겠다. 그래도 마을버스만이 갈 수 있는 길이 있고 마을버스가 꼭 필요한 주민들이 있을 터다.

언제든 요긴할 마을버스의 쓸모.

꼬마버스 타요의 로기처럼 마을버스가 정을 싣고 계속 달려 주었으면 했다.

라스트 버스

〈라스트 버스〉 영화를 보았다.

은퇴한 노인 톰은 죽은 아내와의 추억이 깃든 곳으로 버스 여행을 떠난다. 부인 메리를 하늘나라로 떠나보낸 톰이 아내와의 약속을 지키기 위해서다. 그들이 살던 마을 영국 최북단 존 오그로츠부터 톰의 고향이자 메리와의 추억이 깃든 곳 남서쪽 끝인 랜즈엔드까지 노인 무료 교통카드를 이용해 버스로 가는 여행을 계획했다. 작은 서류 가방 하나 들고 길을 나선 톰은 기나긴 여정 중 많은 사람을 만난다. 버스에서 불한당에게 당하고 있는 여성 승객을 위해 목소리를 내기도 하고, 슬픔에 빠진 승객에게 어깨를 내어 주기도 하는 등 톰의 정의롭고 인간적인 모습은 버스 영웅으로 SNS에 알려지게 된다. 무임승차로 버스 탑승을 거절당하기도 하지만 톰을 알아본 많은 사람의 도움으로 톰은 계획했던 곳에 도착한다. 랜드엔즈 바다에 아내를 떠나보내며 영화는 끝이 난다.

영화 속 톰은 90세 노인이다. 모든 행동이 느리고 위태로워 보였지만 두려운 것은 없어 보였다. 창문 밖 먼 곳을 바라보며 무언가를 회상하는 눈빛, 그런 톰의 모습이 버스에 탄 승객이라면 누구라도 한 번쯤은 해 봤을 모습이라 익숙하면서도 공감되는 장면이었다.

버스에 앉아 무심히 창밖을 내다볼 때가 있다. 마치 텔레비전을 보듯 바깥세상을 볼 때다. 목적지로 가기 전까지 일종의 휴식 시간이다. 생각을 정리하거나 마음은 가라앉힐 수 있는 시간. 때로는 설레는 시간. 버스에서의 시간은 그렇게 흘러간다.

톰이 버스 여행을 하는 중에 만나는 승객들을 보면 문화가 다르기는 해도 사람들이 사는 모습은 비슷했다. 어디에나 문제를 일으키는 사람들이 있다. 다행히 나는 아직 버스 안에서 불한당을 만난 적이 없지만, 드라마나 영화에서는 많이 보았다. 누구나 눈살을 찌푸릴 만한 사건들. 노약자에게 함부로 대하거나, 버스 기사를 위협하는 사람.

현실 버스에서 그런 일을 본다면 나는 어떤 행동을 취할지 모르겠다. 그냥 다음 정거장에 내려 버릴지. 누가 나서서 한소리 하면 거들지. 살면서 그런 현장에 같이 있고 싶지 않지만, 그런 모습을 볼 때마다 나는 어떻게 할 것인가를 종종 생각하곤 한다. 괜히 나섰다가 일에 휘말리고 싶지는 않고, 그 상황을 보고 있자니 마음은 불편하고. 누군가 히어로가 나타나 주길 기대하면서 말이다.

하지만, 불안한 분위기 만드는 자를 저지하지 않으면 불한당의 의지대로 상황은 돌아간다. 정의롭게 나서는 누군가의 용기는 다른 사람들에게도 전이가 되어 다 같이 문제를 해결하는 단초가 된다. 90세 할아버지 톰이 무뢰한에게 대항해 여성을 구하려고 하는 장면이 인상적이었다. 노쇠했지만 정의로운 그의 마음은 힘이 있었고, 톰의 행동에 힘을 더해 준 승객들을 보면서 시민들이 연대하는 힘은 어디서나 빛을 발한다는 것을 느낄 수 있었다.

영화 속 주인공 톰이 여러 번의 버스를 갈아타면서 목적지까지 가는 모습을 보며 우리의 인생에 대해 생각하게 되었다. 세상이 유지되고 앞으로 나아갈 수 있는 것은 착한 사람들이 더 많이 살기 때문이라고 말이다. 톰의 무임승차를 거부하는 버스 기사가 있었지만, 버스 안에서 도움을 준 톰의 이야기가 SNS로 퍼져 나갔을 때 톰을 도우려는 사람들은 어디에나 있었다. 톰은 사람들이 왜 그렇게 자신에게 친절한지 몰랐으나, 세상은 톰을 기쁜 마음으로 돕고 있었다.

톰은 혼자 여행을 떠났지만, 가는 곳곳에서 결코 혼자가 아니었다. 그가 베푼 관심과 위로, 격려를 받은 사람들이 있었고, 그에게 관심을 주고 공감과 도움을 준 사람들이 있었다. 우리의 인생도 마찬가지다. 사람은 결국은 혼자지만, 결코 혼자 살아갈 수는 없다. 내가 누군가를 돕고 사는 것보다 훨씬 더 많은 도움을 받으며 살아가고 있다. 때로는 누군가의 호의를 당연하게 여기면서 말이다. 세상에 공짜는 없듯이 거저 받는 도움은 없을 것이다. 받은 만큼 흘려보내야 또 채워지는 것이 아닐지.

〈라스트 버스〉를 보며 잔잔한 감동이 일었고, 또 한편으로는 새로운 계획이 섰다.

나도 버스 여행을 해 보고 싶었다. 목적지 없이 버스에 몸을 실었다가 내리고 싶은 곳에서 내려, 그 지역을 여행해 보기. 그리고 버스 종점에서 종점까지 가보자는 생각도 했는데 그것은 아무래도 안 되겠다. 버스 종점은 인적이 드문 곳이 대부분이고 그야말로 차고지기 때문이다. 버스 안에서 버스가 다시 출발할 때까지 기다려야 해서, 굳이 한다면 종점 한 정거장 전에 내리는 게 낫겠다.

육아하고 집안일하고 직장까지 다니면서 하고 싶은 일을 다 할 수는 없었다. 그래도 가끔 시간을 내어 혼자 외출할 때가 있는데, 여고 동창들을 만날 때다. 모두 비슷한 처지라 한 번 만날 때 우리끼리 등산을 간다거나 맛집을 탐방한다거나 하는 문화 데이트를 즐겼다. 한 번은 친구들과 은평구 진관사 입구에서 만나 북한산 둘레길을 걷기로 했다. 집에서 한 시간가량 걸리는 곳이라 마음먹고 출발했다. 30분 내외의 거리에서 만나다가, 한 시간 거리를 가고 보니 멀긴 멀었다. 게다가 은평구는 낯설었다. 길 찾기 앱을 이용해서 최단 거리를 검색해 갔다. 그런데 웬걸, 서울 시내인데도 외곽으로 나간 것처럼 여행하는 기분이 들었다. 일단 은평구는 녹지가 많아 어딜 가나 나무나 산을 볼 수 있어서 마음이 편안했다. 목적지인 진관사 입구에선 한옥마을이 펼쳐져서 또 한 번 눈이 휘둥그레졌다. '와~ 이런 곳을 찾아다니면 서울 안에서도 버스 타고 가는 여행이 가능하겠구나!' 서울을 벗어나야만 여행이 되는 것이 아니었다. 일반적으로 여행이라고 하면 다른 고장으로 가거나 외국으로 나가는 것을 생각하지만 내가 사는 곳과 다른 동네만 가도 여행하는 기분을 낼 수 있었다. 낯선 환경이 주는 긴장감, 호기심, 설렘은 여행자가 누리는 특권이 아닌가. 비행기를 타고 가지 않아도 이국적인 그 무엇이 아니어도 낯설다는 기분은 여행의 묘미를 느끼게 한다.

출퇴근하는 버스를 타고 늘 내리던 곳이 아닌 다른 곳에 내려 보는 것!

내가 아는 곳이 아는 낯선 곳에서 낯선 사람들의 무리 속에 있어 보는 것!

새로운 여행의 시작이다.

그 속에서도 많은 인생을 볼 수 있을 테니.

내 인생의 '라스트 버스'를 고할 때까지~

4장

버스는 추억을 싣고

잠자리에 누워 잘 때가 가장 행복한 때! 그 기분을 느껴본
사람들이라면 누구나 공감할 이야기다.
'열심히 일한 자, 잘 자라'

버스는 추억을 싣고

초등학교 6학년 때부터 버스를 타고 학교에 다녔다.

차로 20분 거리에 있는 학교였다. 부모님이 차로 데려다 주시다가 어느 날부터 혼자 다니라고 했다. 시내버스를 타고 혼자 집으로 돌아오는 첫날이었다. 내가 타야 할 버스에 오른 순간부터 가슴이 콩닥콩닥 뛰었다.

'내릴 정류장에서 잘 내려야 해.'

엄마가 내리라고 한 곳을 지나치지 않으려고 정신을 바

짝 차렸다. 버스 의자에 앉아 창밖을 하염없이 내다보았다. 긴장된 마음으로 눈에 익은 길이 맞는지 쉴 새 없이 확인하느라 겁먹은 표정이었을 것이다. 우리 동네와 같은 곳이 보였고 건너편에 내가 자주 가는 상가도 있었다. 내가 자주 이용하는 상가 바로 앞에 서면 내려야 한다고 철석같이 믿고 있었다. 엄마가 늘 "탔던 곳에서 내리면 돼."라고 했기 때문에 학교 가는 버스를 탄 곳에서 내리는 줄만 알았다. 버스 정류장 이름이 같아도 타는 곳과 내리는 곳이 반대 방향에 있다는 것을 몰랐다.

결국 버스에서 내리지 못하고 종점까지 갔다. 승객들이 다 내리는데 나만 못 내리고 의자에 앉아 어찌해야 할지 몰랐다. 눈에는 눈물이 그렁그렁 맺혔다. 기사님이 나에게 어디 가냐고 물었다. 정우상가 앞에서 내린다고 했더니 왜 거기서 안 내렸냐고 했다. 종점이라서 조금 쉬었다 다시 출발하니까 버스에 앉아 있으라고 했다. 기사님 덕분에 버스에 앉아서 돌아갈 시간을 기다렸다. 초등 6학년 홀로 버스 타기는 이렇게 어리숙하게 시작되었다. 하지만 나는 '버스 타고 혼자 집에 가기'를 시도한 어린이였다.

엄마가 준 동전으로 버스비를 냈다. 조그만 동전 지갑에 항상 동전을 넣어 다녔다. 80년대에는 버스 요금이 140원이었다. 초등학생이었던 나는 100원이 안 되는 요금을 냈다. 중학생이 되고부터는 종이로 된 승차권을 냈다. 승차권은 회수권이라고도 불렀다. 그때는 왜 회수권이라고 부르는지 몰랐는데 운전기사가 가져가는 거라서 회수한다는 의미였다.

월요일 아침이면 버스 정류장 앞에 승차권을 파는 매표소에서 회수권을 샀다. 회수권을 파는 매표소가 정류장마다 있지는 않아서 매표소를 찾아다니는 일도 있었다. 다행히 내가 아침 등굣길에 이용하는 정류장 앞에는 매표소가 있어서 수고를 덜었다. 그때만 해도 학생 요금이 180~240원 정도 했다. 지폐를 내거나 동전을 내도 거스름돈을 받을 수 있었지만, 거스름돈 받을 일이 없도록 회수권을 내고 탔다. 거스름돈을 받을 때는 기사님이 버스 요금함의 손잡이를 여러 번 내려서 거슬러 주었다. 짤랑하는 소리와 함께 거스름돈이 나왔다. 요금함에서 동전을 가져오는 것도, 잘 거슬러 받았는지 확인하는 것도 번거로운 일이었다. 움직이는 버스 안에서 중심까지 잡아가며 동전을 챙겨야 했으니…. 보는 사람 불안하게 꼭 동전을 떨어뜨리는 승객들도 있었다. 굴러가는 동전을 움직이는 버스 안에서 줍기란 보통 어려운 일이 아니었다. 이제는 버스의 옛 추억으로 기억될 일이다.

회수권을 내고 다니던 청소년 시절, 나름의 에피소드가 있었다. 학원 쉬는 시간에 삼삼오오 남학생들이 모여 있길래 무엇을 하나 하고 봤더니, 10장의 버스표를 애매하게 11장으로 자르고 있었다. 너무 놀라서 뭐 하는 거냐고 했더니 도리어 나 보고 이렇게 하는 거 모르냐고 해서 더 당황스러웠다. 심지어 회수권을 반 접고 또 그걸 반 접어서 내기도 한다는 것이다. '강심장인가….' 했다. 그 이야기를 듣고 보니, 기사님들의 눈매가 예사롭지 않았다. 회수권을 검수하면 바로 나오는 일이라 학생들이 타면 더욱 매의 눈으로 지켜보지 않았을까.

교통카드를 쓰는 지금은 그런 추억은 없겠다. 교통카드

를 카드단말기에 갖다 대기만 하면 되니 여러모로 편리해졌다. '짤랑'거리던 소리는 '승차입니다.', '환승입니다.'가 대신하고 있다.

2010년, 남 지중해에 있는 몰타를 여행했다.

몰타는 아프리카 대륙 오른쪽 이탈리아 남단에서 조금 더 아래쪽에 있는 섬나라다. 몰타에서 버스를 타고 여기저기 다니다 보면 바다를 자주 보게 된다. 일단 몰타의 건물들은 다 타고 난 연단재 같은 색이다. 이색적인 모습이라 멋져 보였다. 살구색 건물인데 대문, 창문은 또 원색을 입혀서 화려하고 경쾌했다. 담벼락으로 내려온 빨간 꽃이나 초록 잎사귀들은 훨씬 더 선명하고 생기 있어 보였다. 이국적인 모습에 홀딱 반했는데, 시내버스도 얼마나 아기자기했는지 모른다. 차체가 작은 버스였다. 내가 탄 버스는 오르내리는 문이 앞쪽에 하나였다. 승객이 내려야 탈 수 있었고 승객이 다 내린 후 버스에 올라탔다. 카드 결제는 없었고 현금으로 버스비를 냈다. 기사는 버스 오른쪽 운전석에 앉아서 운전도 하고 버스 요금도 거슬러 주었다. 동전을 하나하나 세어서 내어 주는 게, 시간 개념과는 너무 멀어 보여서 몰타의 버스가 시간을 잘 지킬지는 의문이었다. 몰타는 아날로그 방식으로 돌아가는 세상이었다. 답답하기도 했지만 느긋하게 움직이는 여유가 한편으로는 마음을 편안하게도 했다. 그러곤 버스가 출발했는데, 내 눈을 의심하게 한 것이 있었으니. 버스 문이 없었다. 그냥 뚫려 있었다. 타고 내리는 문이 좁다는 생각은 했지만 열고 닫히는 문이 없는 줄은 몰랐다. 모두가 안전하길 바랄 뿐이었다.

몰타에서의 24시간은 특별히 느리게 가는 듯했다. 그들의 삶의 방식 때문인지도 모르겠다.

다음 날, 아침 일찍 관광지를 찾아 버스에 올랐다.

한 여자 승객이 버스에 타 지폐를 내니 기사님이 거스름돈이 없다고 했다. 난감한 상황이다. 아마도 거슬러 주기에는 너무 큰 돈을 낸 거 같았다. 버스 기사는 차를 움직이지 않았다. 아침 일찍 서둘러 탄 버스에서 내릴 수도 없고. 그때 뒤에 있던 남자 승객이 나와 버스 요금을 대신 내주었다. 어서 출발하자면서 말이다. 몰타에서도 우리나라 못지않게 정을 느낀 시간이었다. 우리나라에서도 같은 상황에서 버스 요금을 대신 내주는 승객들을 더러 볼 수 있었으니 말이다.

'빨리, 빨리'를 외치는 한국과는 달리 천천히 흐르는 몰타의 시간이 그리울 때가 있다.

10여 년이 더 지난 일이니, 몰타도 지금은 좀 달라졌겠지.

토큰, 회수권, 현금, 교통카드를 놓고 보면 단연코 카드가 편리하고 좋다. 단말기에 카드를 찍고 들어간다는 것이 얼마나 시간을 단축해 주는가. 편리한 세상을 살고 있다. 전기차가 나오면서는 전기차 버스를 몇 번 탄 적이 있다. 새로 만들어진 차라 차 내부가 깔끔하기도 하지만 또 한 번 놀란 것은 USB 충전 포트도 있다는 것이다. 시내버스에 와이파이가 터지는 것도 감사한 일인데 USB 충전 포트까지 있다니 우리나라 버스가 가장 좋은 서비스를 제공하는 버스가 아닌가 싶었다.

최신형으로 변신한 버스 전기차를 타 보고 몰타에서의 추억도 떠올려 보고, 버스표를 냈던 학창 시절도 떠올려 보았다. 버스는 자주 추억을 소환한다.

콩나물시루 버스

남산 3호 터널을 지나 버스는 탄탄대로를 달리듯 막힘이 없었다. 환승 구간까지 금방 도착해서 웬일인가 싶은 날이었다. 환승 정류장에 내려 다음 버스를 기다렸다. 갈아탈 버스에는 이미 고등학생들로 가득했다.

'아~ 저 버스를 타? 말아?'

고민도 잠시, 찾아야 할 아이 생각에 혼잡한 버스 안으로 들어갔다. 학생들의 덩치도 크고, 등 뒤로 맨 가방도 한 가득 묵직해 보였다. 휴대전화를 손에 든 채로, 옆에 있는 친구들과 재잘거리는 소란한 시간이었다. 버스 안은 학생들의 열기로 가득했다.

학생들이 하교하는 시간도 이렇게 만원 버스다. 마치 통학버스 같았다. 고속터미널 정류장에서 한 정거장만 가면 학생들이 우르르 다 내리는데 그곳은 학원가다. 학교 마치고 바로 학원으로 가는 학생들이 내리면 비로소 버스가 한적해졌다. 학생들을 보면 자연스레 내 학창 시절 생각이 났다.

야간 자율학습을 했던 고등학생 시절이라 도시락을 두 개씩 들고 다녔다. 손에는 버스 회수권을 하나 쥐고 또 한 손에는 도시락 가방을 들었다. 버스 정류장에는 교복을 입은 학생들이 버스를 기다리고 있었다. 내가 다닌 학교는 중고등학교를 합쳐서 모두 4개의 학교가 모여 있는 지역이었다. 한 정류장에서 많은 학생이 타고 내렸다. 그러니 등하굣길 버스는 학생들로 가득 찼다. 특히 등교 시간은 출근 시간과도 맞물려 버스는 콩나물시루처럼 빽빽했다.

버스 기사님은 정류장에 설 때마다, 목 놓아 외쳤다.

"학생들 안으로 좀 들어가요~ 조금씩만 더 들어가면 다른 사람도 탈 수 있어요. 뒤로 더 들어가세요~."

이 차를 놓칠 수 없다는 듯, 의지의 학생들은 버스 앞쪽 승객들을 밀면서 들어오곤 했다. 앞문에서도 밀고 들어오고 뒷문에서도 밀고 들어오니. 버스 안 승객들은 정말 샌드위치가 따로 없는 신세였다. 승객들 사이에 낀 채로 서 있을 때 차 안에 있던 나는, 풍선처럼 부풀어진 버스를 상상하곤 했다.

'이러다가 버스 타이어 터지는 거 아니야?'

내가 탄 정류장에서 세 정거장만 가면 되는데, 그 세 정거장은 다른 구역보다 거리가 더 긴 구간이었다. 차가 우회전을 하거나 좌회전할 때면 파도타기처럼 여기서 '아~~' 저기서 '아~~' 하는 소리와 함께 몸도 이리 쏠리고 저리 쏠려서 난감하기 그지없었다. 옆 승객에게 피해를 안 주려고 온몸에 힘을 실어 중심을 잡으려고 애썼던 시간이다. 가끔은 버스 창문에 얼굴이 닿을 듯 위태로운 순간들을 마주하기도 했다. 옆에 있는 사람의 발이라도 밟으면 또 얼마나 난처했는지 모른다. 정류장에 도착하고, 버스에서 내릴 때는 문 앞에 있던 사람들은 튕겨 나가듯이 순식간에 버스 밖으로 나갔다. 팝콘 터지듯 버스 앞문으로 뒷문으로 학생들이 우수수 내려가면, 버스도 한차례 산고를 겪은 듯 텁텁한 공기가 빠져나갔다. 짧지만 굵게 제 할 일을 다한 듯 버스는 떠나고, 버스 밖으로 나온 학생들은 옷매무새를 다듬으며 삼삼오오 친구들을 만나 걸어갔다.

"야~ 진짜 죽을 뻔했다."
"그러게 말이야."

왜 그랬는지 복잡한 버스 밖으로 빠져나오면 웃음이 났다.

고등학생이 맞닥뜨린 입시라는 무게감은 매 순간 함께 했다. 수업 시간은 물론이고 쉬는 시간에도 쉬지 않고 공부하는 친구들이 많았다. 방과 후 자율학습 시간에도 공부하고 오로지 하교 시간에만 마음 편히 수다를 떨 수 있었다. 버스를 기다리면서 〈KBS 가요톱텐〉 이야기를 많이 나누었는데, 그 당시 발라드가 한창 인기여서 변진섭, 신승훈 노래를 같이 부르며 다니곤 했다. 그러다 혜성처럼 나타난 서태지와 아이들에게 블랙홀에 빠진 듯 열광했다. 수험생이지만 하교 중에는 오로지 연예인 이야기만 했는데 나름의 스트레스 해소였다.

지금은 아이돌 노래를 잘 모른다. 내가 학창 시절에는 〈KBS 가요톱텐〉과 같은 음악방송을 보았다. 내가 보기에 너무나 재미있고 좋았는데 어른들이 안 보는 게 정말 이해가 안 됐다. '어른들은 왜 안 보지?'라고 했던 내가, 이제는 그런 어른이 되었다. 왜 안 보냐고? 일단 아이돌의 노래가 내 정서에 안 맞다. 그리고 무엇보다 〈SBS 인기가요〉를 보고 있을 만큼 한가하지도 않다. 어릴 적 궁금했던 질문은 어른이 된 내가 자연스레 답하고 있었다.

우리 집 사춘기 소녀 글고운도 아이돌 앨범을 열심히 사 모으고 노래를 따라 부르며 '굿즈'도 사곤 한다. 한때 불타

오르던 관심도 일정 시간이 지나면 사그라들게 마련이지만, 그 시절 통과의례처럼 지나와야 할 일이라 생각하며 앨범을 사주었다. 덕분에 앨범 속 아이돌 사진도 한 번 보고, 노래를 들어 보기도 했다.

교복을 입고 버스를 타면 아주머니들이 학생들을 보고 한마디씩 했다.

"참 이쁘다. 저렇게 교복을 입고 다니니 얼마나 이뻐. 학생들 공부 열심히 해요."

그때는 수줍어서 어색한 미소로 답하곤 했다. 이제 내가 어른이 되고 보니 그 아주머니들 마음이 백번도 더 이해되었다. 교복을 입은 학생들을 보면 '참 예쁘다'라는 생각이 절로 들었다. 있는 그대로 예쁜 나이다. 왜 어른들이 예쁘다 예쁘다 했는지 아는 나이가 되었다. 예전에 몰랐던 것을 자연스럽게 알게 되는 것이 나이를 먹어가는 또 하나의 즐거움이다.

콩나물시루 속 버스 안에서 등교하는 날도 고등 3년이

면 끝이 날 줄 알았는데, 서울 중심 한복판으로 출퇴근하면서 다시 콩나물시루 같은 버스 안에 몸을 싣게 되었다. 그때처럼 무거운 책가방을 메지도 않았고 도시락 가방을 챙겨 들지도 않았지만, 그때나 지금이나 어깨는 무거웠다.

학생으로 버스를 탔고 또 교사로 버스를 탔다. 그러고 보니 학교를 참 오래도 다니고 있다. 매번 즐겁기만 한 것도 아니고 매번 힘들기만 한 것도 아니지만, 날마다 처음인 오늘을 잘 지내기는 해야겠다.

열심히 일한 자, 잘 자라

학교에서의 시간은 밀도 있게 흘러갔다. 출근할 때는 뽀얀 얼굴을 하고 갔지만 아이들과 복작거리는 시간을 보내고 나면 영락없이 초췌해졌다. 머리는 누가 헝클어 놓은 듯 부스스하다. 바람 빠진 풍선 인형처럼 기가 다 빠졌다. 거울 속 내가 참 힘들어 보였다. 잠시 의자에 앉아 눈을 감고 쉬었다.

머리를 비운다고 마음 편히 앉았는데 의자에 기대앉은 채로 바로 잠이 들 것 같았다. 넋 놓고만 있을 수는 없어 무거운 머리와 뭉친 어깨 근육을 풀려고 목, 어깨 스트레칭을 가볍게 했다. 역시 사람은 몸을 움직여야 한다. 몸이 정신을 깨운다는 것은 가벼운 스트레칭으로도 느껴졌다. 얼른 립스틱을 꺼내 입술에 바르고 얼굴에 생기를 불어넣었다. 립스틱 하나로도 얼굴에 생기가 살아났다.

오늘 한 수업 활동 정리, 행정업무, 내일 수업 준비를 하다 보면 이내 퇴근 시간이다. 눈 깜짝할 사이 시간이 지난다는 말이 절로 나오는 날들이었다. 이제 좀 쉬어야겠다 싶지만, 다시 다른 직장으로 출근이다. 아이들이 기다리고 있는 우리 집. 워킹맘의 제2의 직장.

광화문 사거리에서 버스를 기다렸다. 빌딩 사이로 칼바람이 불 때만 아니면 언제든 버스를 기다릴 만했다. 버스가 빨리 오면 얼마나 반가운지…. 버스에 올라 자리에 앉으며 겨우 한숨을 돌렸다.

집에 가는 길에는 교육이나 경제 관련 유튜브 방송을 즐겨 들었다. 버스에 있는 시간도 허투루 쓰지 않겠다고 애를 썼다. 하지만 세상에서 가장 무거운 눈꺼풀과의 씨름에서 이길 재량은 없었다. 눈을 감은 채로 방송을 들으려 했지만 금세 잠이 들었다. 언제 잠들었는지도 모르게 꿀잠을 잤다.

내가 잠에서 깰 때는 목이 뒤로 젖히거나, 고개를 앞으로 떨구거나, 머리가 가로로 또르르 떨어져서 창문에 부딪힐 때다. 헤드뱅잉 하듯 머리를 굴리며 잠에 취해 있었다. 내가 잔다고 누가 신경이나 쓰겠느냐마는 고개를 떨구다 놀라 깨서는 혼자 민망해할 때가 한두 번이 아니었다. 잠을 한 번 자기 시작했더니 습관처럼 계속 잠이 들었다. 그러다가도 신기하리만치 내려야 할 정류장, 한 정거장 전에는 눈이 떠졌다. 버스 안에서 곯아떨어져서 잔 게 너무 오랜만이라 이런 내가 낯설게 느껴졌다. 어느 날 하루 정도는 피곤해서 잘 수 있지만 퇴근길에 계속 이렇게 자고 있으니 졸음 귀신이 붙었나 싶었다. 어느새 버스 안에서 한잠 자는 사람이 되었다.

목을 이리저리 떨구고 머리까지 창문에 부딪혀 가며 자

다 보니 학창 시절이 떠올랐다.

'그때도 그랬지.'

잠 귀신이 붙었나 싶게 잠에 취해 있던 때는 여고 시절이다. 지금 생각해도 그때는 왜 그리 잠이 왔는지 모르겠다. 공부도 많이 했지만 잠도 제일 많이 잤던 시절이 아닌가 싶다. 아침 일찍부터 잠이 쏟아졌다.

0교시 영어 수업을 하던 때다.

교탁 바로 앞자리에 앉아서, 그렇게 꾸벅꾸벅 졸았나 보다. 영어 선생님이 대뜸 내 이름을 부르시더니, "How are you?"라고 물으셨다. 깜짝 놀란 나는, 입에 밴 대로 "I'm fine. Thank you. and you?"라고 또박또박 말했다. 교실 여기저기서 웃음소리가 들렸다. 너무나 교과서적으로 초등학생같이 또박또박 말하는 바람에 다들 실소가 나온 것이다. 잠은 온데간데없이 달아나고 나도 같이 웃고 말았다. 영어를 처음 배우며 익혔던 문장은 쉽게 잊히는 게 아니었다.

선생님 덕분에 아침잠을 깼다. 잠을 충분히 자지 않으면 아침 0교시부터 비몽사몽이 되었다. 그때는 그런 줄도 모르고 밤샘 공부라는 걸 했다. 0교시에는 졸면서.

한 날은 점심 먹은 후 5교시 수학 시간이었다. 밥을 먹고 식곤증이 왔던지 또 스르르 눈이 감겼다. 눈을 뜨려고 무던히 노력했지만, 어느새 눈은 감기고 또 감겼다. 그러다 나도 모르게 목이 뒤로 젖히고 놀라서 눈을 떴는데 수학 선생님의 동그란 눈과 마주쳤다. 그냥 바로 정신이 들었다. 민망해도 그리 민망할 수가. 수업 시간에 잠자다가 생긴 에피소드로 이 두 장면은 아직 내 기억에 생생히 남아 있다.

한 달간 짝이 바뀌지 않고 한 친구와 계속 같이 짝이 되었다. 그 친구는 정말 말 한마디 안 하고 공부만 하는 학생이었다. 친구가 공부하는 데 방해되지 않게 나도 조용히 공부에 집중하려 노력했다. 보통은 쉬는 시간에 수다도 떨고 해야 하는데 열심히 공부하는 친구의 옆이라 나도 더 열심히 하려 애썼다. 그러나 그게 마음처럼 쉬운 일이 아니었다. 짝이 되고 한 달쯤 되었을 때, 짝이 나의 등을 지그시 누르며 말했다.

"윤희야, 그만 자라."

말없이 공부만 하던 친구가 보기에 너무하다 싶게 잠을 잤나 보다. 잠이 쏟아져서 어쩔 수가 없었던 시절, 잠에 대한 에피소드만 모아도 책 한 권은 나오지 않을까.

잠에도 종류가 많은데 학창 시절에 내가 잔 잠은 주로 도둑잠이었다. 도둑잠은 '자야 할 시간이 아닌 때에 남의 눈에 띄지 않도록 몰래 자는 잠'을 말한다. 비록 나는 선생님들과 친구들에게 다 들키고야 말았지만, 양심적으로 도둑잠을 원했다.

낮 동안에 좋은 컨디션을 유지하려면 밤에 잠을 잘 자야 한다. 그런데 내가 그렇게 학교에서 잠을 잤다면 밤잠을 제대로 못 잤다는 것이고, 지금에 와서 생각해 보니 효율적이지 않았다. 그렇다면 지금 이렇게 퇴근길 버스 안에서 여고생 때처럼 머리를 굴려 가며 자는 이유는 무엇일까?

버스 안에서 습관처럼 잠이 들고 하니 그 원인을 찾고 싶어졌다. 아침 5시에 기상했다. 모닝 페이지를 쓰거나 책을 읽었다. 어떤 날은 성경 필사를 했다. 6시 반부터 1시간 정도 출근 준비를 마친 후 아이를 데리고 집을 나섰다. 출근해서 일하고 어린이집에서 아이를 데리고 집으로 돌아오면 6시에서 6시 반이다. 그러면 잠깐 쉬었다가 저녁 준비를 해서 다 같이 저녁을 먹고, 집안일하고 나면 9시가 된다. 아이들 과제 봐주고 놀아주고 책 읽어 주고 하다 보면 벌써 11시. 아이들도 늦게 자고 나도 늦게 잤다. 8시간은 자야 컨디션이 좋은데, 여고 시절도 지금의 나도 수면이 부족한 상태였다. 그러니 잠시라도 틈이 나거나 긴장이 풀리면 잠이 쏟아졌다. 학창 시절에는 자도 자도 피로가 풀리지 않았는데 지금은 버스 안에서라도 잠을 자고 나면 그리 개운할 수가 없었다. 버스 안에서 단잠을 자고 내리면 다시 힘이 났다. 누군가는 '죽으면 실컷 잘 텐데 왜 아까운 시간에 잠을 자냐?'라고 하지만 40대 중반이 되고 보니 잠은 정말 중요하다. 깊이 자고 내게 필요한 만큼 잠을 잤을 때와 그렇지 않을 때의 하루를 돌아보면 일의 효율도, 관계의 정서도, 신체 리듬도 모두 차이가 있었다. 이왕이면 자신에게 필요한 만큼 충분히 자고, 깨어 있는 동안 시간을 잘 쓰는 게 여러모로 나았다.

버스를 타고 다니지 않았다면, 여고 시절 도둑잠의 추억이 쉽게 떠오르지는 않았겠다. 머리를 굴리고 목이 뒤로 젖혀져서 깨는 바람에. 스스로는 보지 못할 그 모습 덕분에, 추억도 떠올려 보고 내게 필요한 수면 시간도 챙겨 볼 수 있었다.

"잠을 줄일수록 영원히 잘 시간도 빨리 온다네요. 그래서 잠을 줄이는 걸 서서히 진행하는 자살이라고 한대요. 그리고 죽은 뒤의 휴식은 잠이 아니에요. 다음 날 다시 온전한 나로 돌아오는 걸 잠이라고 하는 거예요."

— 정희재, 『아무튼, 잠』, 제철소, 2022년 10월

학창 시절은 수험생으로 갖은 고민과 걱정 그리고 학업에 시달리는 힘든 시간이었고, 먼 길 버스로 출퇴근하며 육아와 가사를 전담하고 지내는 지금은 워킹맘으로 고된 시간이다.

잠자리에 누워 잘 때가 가장 행복한 때!
그 기분을 느껴본 사람들이라면 누구나 공감할 이야기다.

'열심히 일한 자, 잘 자라'

세상 참 좋아졌다

방학이나 명절이면 부모님이 계신 창원으로 갔다.

혼자 지낸 시간도 제법 오래되었지만, 창원으로 가는 길은 언제나 설레고 기분이 좋았다. 서울에서 가려면 꽤 먼 거리라 기차를 이용할 만도 하지만, 휴게소에 내려 바깥 공기를 쐬는 게 더 좋았다. 휴게소에서 스트레칭도 한 번 하고 휴게소 먹거리도 즐기는 재미로 고속버스를 이용했다. 휴게소 간식도 사람마다 즐겨 먹는 것이 다르다. 나는 호두과자나 만주 같은 달콤한 빵을 사 먹었다. 어떤 친구는 휴게소에서는 우동을 꼭 먹는다고 했고, 어떤 친구는 핫바나 소떡소떡을 먹는다고 했다. 그 외 알감자, 떡볶이, 쥐포, 닭고치, 어묵, 호떡 등 국민 간식들을 휴게소에서 골라 먹는 재미도 무시할 수 없었다.

20년이 지났나 보다. 20년 전만 해도 창원행 고속버스는 일반 버스와 우등버스가 있었다. 창원까지 먼 길을 가는 버스라 그런지 일반 버스는 배차되는 횟수가 적었다. 우등버스를 탈 수밖에 없는 구조이기도 했다. 일반 버스는 두 자리 좌석이 붙어 있어 의자도 작고 앞뒤 간격도 좁았다. 대신 우등버스보다 1만 원 이상 요금이 쌌다. 네 시간 이상 가려면 허리도 아프고, 다리도 아팠다. 상대적으로 편한 우등버스를 선호했다. 아무래도 좌석이 크고 앞뒤 간격도 넓으니 만석이어도 쾌적한 느낌이 좋았다. 우등버스를 타고 갈 때는 주로 1인석을 선택했는데, 혼자 가는 사람은 모두 같은 마음인지 1인석은 빨리 매진 됐다. 2인석도 아주 불편한 것은 아니지만 아무래도 낯선 사람과 오랜 시간 옆에 앉아 간다는 건 꽤 부담스러운 일이다.

명절을 앞두고 기차표, 버스표 예매 경쟁은 치열하다. 서둘러 고속버스 승차권을 예매해야 했다. 어느 명절이나 마찬가지겠지만 명절을 앞둔 터미널은 많은 사람으로 북적거렸다. 고속도로 사정도 좋을 리 없었기 때문에 정해진 시간에 버스가 도착하지 않았고 그래서 다시 서울에서 출발할 차가 없는 상황이 해마다 계속되었다. 조금이라도 더 빨리 서울을 벗어나는 게 목적이었지만 뜻대로 되지 않았다.

어느 해에는 우등버스 예매를 못 하고 일반 버스 남은 자리를 겨우 구매한 적이 있다. 승객들로 미어터질 듯한 승차장에서 내가 탈 버스를 기다리는데 아무리 기다려도 오지 않아서 애가 탔다. 탑승 시간이 지나 어느 순간부터는 어떤 버스에 타야 하는지 알아보기조차 힘들었다. 버스 안내원들이 "몇 시 차 타세요."라고 하면 여기저기서 차 시간표를 확인하며 술렁거렸다. 몇 시 차라고 큰소리로 외치는 소리와 "몇 시차라고요?" 하며 확인하는 소리가 여기저기서 들려서 그야말로 혼동의 도가니였다.

그런데 내가 예매한 시각보다 뒤에 출발하는 차가 먼저 떠나는 것이 아닌가? 몇 대 안 되는 일반 버스를 예매했고, 일반 버스는 아직 돌아오지 않았기 때문에 일반 버스가 올 때를 기다릴 수밖에 없다고 했다. 순간 너무 억울하고 화가 났다. 일반 버스를 구매해서 생긴 일이라 생각하니 더 속이 상했다. 버스가 언제 올지 몰라 화장실을 다녀오기도 불안하고 모든 게 힘들었던 시간이었다. 참다 참다 집에 있는 엄마한테 전화를 걸어 못 가겠다고 투정을 부렸다. 여긴 너무 아수라장이고 차 기다리는 것도 힘들다고 말이다. 엄마는 웃으시더니 그러면 그냥 집으로 돌아가라고 했다. 그래도 명절인데 어떻게 안 가나 싶어 기다렸다가 겨우 버스를 타고 내려온 적이 있다. 명절에는 7시간 이상도 각오해야 했다. 자도 자도 도착할 기미가 안 보이는 버스 안에서 '참을 인(忍)' 자를 그리도 새겼었다. 터미널에 도착함과 동시에 인고의 시간에서 벗어났다. 버스에서 내려 바깥 공기를 마시는 순간 체중이 내려가곤 했다.

지금은 서울에서 창원으로 가는 고속버스에 일반 버스

는 사라지고 없다. 더 좋은 프리미엄 버스가 생겼다. 프리미엄 버스는 말 그대로 고급화 전략이다. 일단 버스 좌석이 비행기 비즈니스석처럼 넓고 의자가 눕혀지기도 하며 각 좌석 앞에는 모니터가 있어서 보고 싶은 영상을 볼 수 있다. 좌석 사이에는 커튼이 달려 있어서 승객이 서로 방해 받지 않고 갈 수 있다. 커튼을 치면 좀 답답할 수는 있지만 아늑한 매력이 있어서 커튼을 치고 있는 승객들이 많다. 버스 앞에도 큰 모니터로 방송이 나오긴 하지만 내 앞자리 의자에 붙어 있는 작은 모니터로 내가 보고 싶은 방송을 골라 보다 보면 어느새 목적지에 도착한다. 영상만 보는 게 시간이 아깝게 여겨질 수 있지만 흔들리는 버스 안에서 지루한 시간을 보내기에 이만한 게 또 없다. 손잡이에는 충전 코드도 있어서 노트북도 핸드폰도 충전할 수 있다. 이러니 프리미엄을 타 본 사람은 그 편리함에 빠져든다.

비행기 비즈니스석은 마음껏 탈 수 없지만 프리미엄 버스로나마 비즈니스석의 안락함을 대신 맛볼 수 있게 되었다. 잠이 들 때가 최고다. 고속버스에서 장시간 잠이 들 때면 가끔 목이 결릴 만큼 아플 때가 있는데, 프리미엄 버스는 의자가 침대처럼 뒤로 많이 젖혀지니 편히 잘 수 있다. 20년 전 명절에 고생하며 갔던 때를 생각하면 꿈만 같은 일이다.

어른들이 자주 하던 말,

"세상 참 좋아졌다."

하는 말이 내 입에서도 나온다. 나도 옛 시절을 추억하는 어른이 되어간다.

관광버스와 춤을

초등교사가 되고 관광버스를 해마다 탔다.

일 년에 두 번은 체험학습을 갔다. 아이들과 체험학습을 갈 때면 전세 버스를 탔다. 요즘은 관광버스도 관리가 잘 되어 쾌적하고 널찍하다. 아이들도 예전보다 인원수가 적어서 널널하게 앉아 갈 수 있다. 목적지까지 안전 운행해 주실 기사님께 감사 인사를 먼저 한다. 아이들과 함께 '감사합니다' 하고 인사를 하면 기사님도 반가운 목소리로 보답하듯 인사를 했다. 아이들이 안전띠는 잘 맸는지 확인하고 주의 사항을 전달하고는 체험학습 장소로 출발한다. 잔뜩 기대에 찬 아이들의 재잘거림은 그 자체로 설렘이었다.

관광버스 하면, 초등학교 6학년 때 수학여행이 떠오른다. 친구들과 여행 가는 것도 설레지만 밤새 같이 놀 수 있다는 것에 한껏 기대되었다. 버스에 타서 옆자리에 앉은 친구와 쉴 새 없이 수다를 떨었다. 귀 한쪽씩 이어폰을 나눠 끼고 마이마이 카세트를 눌렀다. 인기 가요를 들으며 흥얼거리는 게 우리만의 행복이었다. 2박 3일간 수학여행을 하면서 관광지를 둘러 보고, 서울랜드도 가고, 사진도 찍으며 즐거운 추억을 만들었다. 무엇보다 여행 마지막 날 버스 안 댄스 타임이 제일 기억에 남았다.

'춤추고 싶은 사람 나와'라는 선생님 말씀에 아이들이 하나, 둘 나오기 시작했다. 그 당시 인기 있던 댄스 가요가 나오고 아이들은 버스 통로에 나와 춤을 췄다. 할까 말까 망설이다 나도 어느새 그 통로에 나가 섰다. 춤을 잘 춰 보고 싶었지만, 흔들리는 버스 안에서 춤을 춘다는 게 생각처럼 쉬운 일은 아니었다. 멋지게 춤을 춰 볼라치면 버스에서 중심을 못 잡아 이리 부딪치고 저리 부딪쳤다. 그저 리듬에 맞춰 몸을 흔들어 보는 게 다였다. 내가 내 모습을 볼 수 없다는 것이 얼마나 다행이었는지…. 그럼에도 생각해 보면 가장 재밌고 즐거운 순간이었다. 내게도 흥 DNA가 있었나 보다.

'관광버스 춤'은 이동하는 중에도 시간을 낭비하지 않고 잘 놀겠다는 의지가 반영된 문화일까? 그만큼 흥이 많은 민족이라 해야 할까? 어른들이 관광버스 안에서 술도 한잔하고 춤도 추던 때가 있었는데 버스 천장에 사이키 조명이 돌아가는 관광버스도 있었으니 그야말로 흥 잔치가 따로 없었다.

'관광버스 춤' 동작도 모두가 알만한 춤이다. 양팔을 앞으로 내밀고 엄지척을 한 양손을 좌우로 조금씩 움직여 주는 것이다. DJ DOC가 〈DOC와 춤을〉이라는 노래를 부르면서 관광버스 춤을 추어서 많은 이들이 관광버스 춤을 따라 하곤 했다. 곰곰이 생각해 보면 버스의 좁은 통로에서는 관광버스 춤 말고는 동작의 반경이 나올 수도 없다. 아무튼 버스 타고 가다가 관광버스에서 춤을 추는 사람들을 보면 웃음이 절로 나왔다.

관광버스에서 흘러나오는 뽕짝 음악에 맞추어 춤추고 노래 부르는 것에다 사이키 조명까지 돌아가면 퇴폐적이거나 향락을 누리는 것처럼 보인다. 그런데 농번기에 열심히 일하느라 쉬지 못하고, 누리지 못했던 마을주민들 혹은 어르신들이 '그날만큼은 신나게 놀아보자' 한 것이 시작이었다고 한다. 하루 노는 날 마지막까지 잘 놀아보자 했던 '관광버스 춤'은 2014년부터 금지되었다. 이젠 관광버스 안에서 노래를 부르거나 춤추는 것은 안전을 위협하는 행동으로 규정되었다. 관광버스 안에서는 안전띠를 맨 상태로 휴식을 취하는 것만 가능하다. 관광버스에서 춤을 추며 마지막 흥을 다 쏟아내는 시간도 좋았지만, 무엇보다 안전이 제일임을 부인할 수는 없다. 관광버스 춤은 또 하나의 추억으로 기록되고 있다.

관광버스는 학창 시절에도 사회인이 되어서도 특별한

날에 타는 버스다. 여행이 목적이라 더 좋았나 보다. 간식거리, 오락을 위한 게임기나 카세트, 다이어리나 책 한 권 등을 차곡차곡 가방에 넣었다. 가방에 싼 물건만큼이나 기대를 가득 안고 관광버스에 오르곤 했다. 버스에 오르는 그 순간이 가장 설레었다.

어른이 되어도 관광버스를 타는 마음은 여전히 즐겁다. 다만, 짐은 최소한으로 준비한다. 마실 물이나 당이 땡기면 먹을 사탕 정도면 충분했다. 가만히 창밖을 내다보는 시간이 늘었다. 꽃이 좋아지면 나이가 들었다는 말이 있는 만큼 자연을 향유하는 깊이가 달라졌다. 창밖을 내다보고만 있어도 바깥 풍경을 보는 재미가 쏠쏠하다. 논밭 가까이에 덩그러니 서 있는 집을 보면 '아직도 저런 집이 있네, 누가 살고 있을까?' 하는 등의 호기심과 상상력이 발동한다. 논밭에 보이는 설치물은 어디에 쓰는 걸까 궁금해 하기도 하고 관광버스 안에서도 심심할 겨를은 없다. 긴 시간 관광버스에서 누릴 수 있는 특별한 여유이기도 하다.

학창 시절 체험학습이나 수학여행도 매일 학교에서 공부하는 시간을 벗어난다는 것 자체가 좋았나 보다. 중년이 되어 관광버스에 오르는 나도, 일상을 벗어나는 해방감에 발걸음이 더 경쾌한지도 모르겠다. 비록 지금은 금지되어 있지만 '관광버스 춤'은 일상의 고단함은 날리고 새롭게 에너지를 채우는 춤이 아니었을까. 남녀노소 누구나 웃으면서 따라 하는 것도 그 나름의 매력이다. 관광버스와 관광버스 춤을 따로 생각할 수는 없을 것 같다.

그리운 시절 인연들

학창 시절 새벽에 일어나 도시락을 싸 주신 분은 할머니다. 세 명의 손녀 도시락을 10년 가까이 싸 주셨다. 손녀들이 차례로 고등학교에 진학하면서부터 도시락 개수는 점점 늘어났다. 4개, 5개, 6개. 할머니가 새벽에 일어나 갓 지은 쌀밥에 계란후라이 하나 얹고, 반찬통에 반찬을 가득 담아 싸 준 도시락이다. 지금 생각하면 나는 엄두도 못 낼 일이다. 새벽에 일어나 도시락이라니. 그럼에도 어린 마음에 반찬 투정도 했다. 도시락통을 열었을 때, 김치, 멸치,

콩자반이 들었으면 실망이다. 불고기나, 소시지, 진미채 볶음이라도 들어 있어야 신이 났다. 지금은 김치, 멸치, 콩자반만 있어도 맛있게 먹겠는데 그때는 그랬다. 도시락을 싸는 정성과 노고는 헤아릴 겨를도 없이 마땅히 준비되는 것처럼 무심히 가져 나오곤 했다.

그 시절 유행하던 도시락 가방은 엠보싱이 있는 천 가방이었다. 복주머니처럼 가운데를 질끈 묶고 손잡이를 들고 가면 누가 봐도 도시락 가방이었다. 집에서 늦게 출발한 날은 버스 정류장까지 사정없이 뛰었다. 도시락 가방이야 어찌 되든 안중에 없었다. 가까스로 버스에 타서 가쁜 숨을 몰아쉬었다. 너무 늦은 시간에 버스를 탔는지, 앉을 자리가 있었다. 무거운 가방은 뒤로 멘 체 버스 의자에 걸터앉아 도시락 가방을 다리에 놓았다.

'이게 무슨 냄새지?'

도시락 가방이 붉게 물들었다.

'김칫국물…….'

버스 안에서 김치 냄새까지 풍기게 되니 내 얼굴도 붉어졌다. 짜증이 났다. 등교 시간도 빠듯한데 반찬통까지 새다니…. 한국 대표 음식이라 해도 버스 안에서 김치 냄새를 좋아할 사람은 없다.

'반찬통을 꽉 안 닫으면 어떡해?' 괜한 원망까지 쌓아가며 혼자 마음만 분주했다. 어서 버스에서 내리고 싶었다. 버스에 내려 친구에게 도시락 가방을 보여 주며 김치 물이 샜다고 상한 마음을 토로하면 친구들도 다 그런 적 있다고 했다. 그 한마디에 또 마음이 풀렸던 시절이 생각났다.

친구들과 하교하면서 올라탄 버스.

앉을 자리는 잘 없어서 서서 갈 때가 많지만 자리가 있는 시간이 있다. 야간 자율학습을 끝내고 난 9시가 넘은 시간에는 버스에 빈자리가 더러 있었다. 여럿이 올라탄 버스 맨 뒤 좌석에 나란히 앉았다. 어둠이 짙게 내려앉아서 창밖이 잘 보이지 않는다. 온 세상이 검은색이다. 버스 기사님은 어떻게 운전하시나 싶은데 어둠 속에서도 운전을 잘해 나갔다. 우리는 못다 나눈 수다 꽃을 피웠다. 공부하다가 어려웠던 이야기 이런 것은 일부러 안 했다. 왜 그랬는지 여고 시절에는 공부 이야기는 서로 피했던 거 같다. 그저 한숨만 나오는 이야기라 그랬는지…. 그래도 그 시절을 생각하면 집 방향이 같은 친구들끼리 몰려가며 하하 호호 많이 웃었던 기억이 난다. 다행히 많이 웃고 지낸 시간을 추억할 수 있어서 감사하다.

학교 앞에서 버스를 타고 가는 길에는 언덕처럼 오르막 내리막 도로가 있었다. 경사가 급한 건 아니지만 그 길을 내려갈 때는 재미가 있었다. 마치 놀이동산에서 기구를 타듯이 말이다. 그런 내리막을 내려가다가 갑자기 브레이크가 잡혔다. '우악~~~' 소리와 함께 친구 한 명이 기사님 자리까지 튀어 나갔다.

'악~ 어떡해?'

"야! 너 괜찮아?"

친구 걱정이 되었으나 걱정도 잠시, 깔깔 웃음이 나왔다.

놀란 가슴 부여잡고 버스 앞까지 튀어 나갔다가 돌아오는 친구의 모습을 보고 웃지 않을 수 없었다. 지금 생각하면 위험천만한 일이지만 그때는 순식간에 일어날 수 있는 일이었다. 그 당시만 해도 버스 뒷자리에 세로로 봉이 양쪽에 내려와 있을 뿐, 가운데 사람은 사실 안전 가림막이 없어 급정차하면 바로 앞으로 튀어 나가기 좋은 형국이었다. 이제는 세로 봉 사이에 가로 대가 걸쳐져 있지만 90년대에는 가운데가 뻥 뚫려 있었다. 그러니 얼마나 위험했는지 모른다. 아마도 버스 뒷자리에 앉았다가 앞으로 튀어 나가는 것은 그 시절 누구라도 한 번쯤 봤을 법하다.

버스도 시행착오를 거치면서 계속 좋아지고 있는 것을 느끼는 승객 중 1인이다.

혼자였으면 부끄럽고 멋쩍은 시간이었을 텐데 친구들이 같이 있어 주어서 잘 지내온 시간이었다.

사람은 혼자보다는 둘일 때가, 둘일 때보다는 셋일 때가 더 힘이 난다. 혼자 있는 시간도 필요하지만, 같이 있어서 좋은 시간이 더 많다.

버스에서 같이 등하교했던 친구들 생각이 난다. 지금은

어딘가에서 또 열심히 살아갈 친구들.

그 친구들도 버스를 타면 학창 시절 우리를 떠올릴까?

고되고 힘들었던 학창 시절, 통학을 함께하며 우정을 나누었던 친구들의 안부가 궁금하다.

버스 안에서 같은 추억을 공유하며 마음을 나누었던, 나의 시절 인연들.

마치는 글

2020년 새 학교로 발령을 받았다. 그 전 학교보다 집에서 먼 거리의 학교다. '자차로 다니자' 생각하고 길을 익히려 집에서 학교까지 몇 번을 왔다 갔다 했다. 나는 만년 초보운전자다. 학교 가는 길을 알려 준다고 대신 차를 운전하던 남편은 "우리 양 여사~ 이제 사대문 안에서 근무하네. 출세했다~" 하며 웃었다. 긴장한 내 마음도 한결 가벼워졌다. 정식 근무 전 출퇴근길을 두세 번 왕복하고 길을 익혔지만, 서울 시내를 관통하는 길을 운전하려니 자신이 없었다. 자동차도 버스도 오토바이도 사람도 많은 서울 시내를 운전해서 다닐 엄두가 안 났다.

'그냥 버스 타고 가 볼까?' 하고 여러 노선의 버스를 타고 시간을 재 보았다. 그렇게 몇 번 하다 보니 가장 편하면서 빠른 길을 알게 되었다. 버스를 타는 게 자차로 가는 것보다 20분 이상 더 걸렸지만, 오가는 길이 좋았다. 남편 말대로 사대문 안은 역사와 문화, 사회, 경제의 중심지여서 흥미로웠다. 서울역, 명동, 종로, 광화문이 인접해 있어 볼거리가 많고 걷기에도 좋은 길이었다. 자차로 다니는 편리함 못지않게, 걷고 싶으면 걷다가 버스를 타고 다니는 재미가 있었다. 그렇게 버스 타고 출퇴근하기 시작했다.

뚜벅이로 버스를 타고 왕복 2시간 남짓한 거리를 출퇴근할 때는 코로나19가 발생해 아이들이 학교에 나오지 못했을 때다. 바이러스에 대한 공포도 있었지만, 세상이 빠르게 변해가는 것도 바이러스 못지않은 두려움이었다. '앞으로 어떻게 살아야 할 것인가?', '나는 어떤 일을 해야 할까?' 집 가까운 학교에 다니다가 먼 곳에 발령받으면서부터 오히려 내 삶, 내 꿈을 더 진지하게 생각해 볼 수 있었다. 출퇴근하는 버스 안에서.

우선, 내가 무엇을 좋아하는지 어떤 일을 하고 싶은지 질문을 던졌고, 오랜 나의 꿈이었던 '작가'의 삶을 살아 보자 했다. 글쓰기 수업도 들었고 어떤 종류의 글이든 날마다 쓰고자 했다.

글감은 멀리 있지 않았다. 나의 소소한 일상에서 경험한 일들을 쓰면 되었다. 버스를 타고 출퇴근하면서 하나, 둘 글감을 모았다. 처음부터 작정하고 글감을 찾으려 했던 것은 아니었다. 버스 안에서 경험한 일, 버스 창밖에서 본 일을 쓰고 싶어졌고 머리에 남은 여러 개의 에피소드가 글감이 되었다.

글을 쓰다 보니 내가 본 버스 안 승객들의 모습은 타인이라는 거울임을 알게 되었다. 그들의 모습에서 내 모습을 보았고, 무엇을 취하고 버려야 할지 알 수 있었다. 시간이 갈수록 세상을 자세히 보게 되었고, 하고 싶은 이야기는 많아졌다. 세상을 보았지만 내 삶이 보였고, 누구를 보더라도 배우고 깨닫는 것이 있었다.

글을 마무리하면서는 그동안 타 보지 않은 버스를 타고 낯선 동네를 가 보고 싶어졌다. 내가 보지 못했던 창밖 풍경이, 처음 타 본 버스의 낯선 승객들이, 내게 또 어떤 메시지를 던져줄지 기대가 되기 때문이다.

특별하지 않은 지극히 사소한 일상에서 찾은 삶의 메시지들은 우리가 흘려보내는 시간의 틈 속에 보물처럼 숨어 있었다. 독자들도 일상의 시간 속에서 자신에게 필요한 삶의 보물들을 찾아보길 바란다.

마지막으로 나의 꿈에 한 발짝 다가서도록 작가의 삶, 작가의 태도를 가르쳐 준 자이언트 북 컨설팅 이은대 작가님, 글벗으로 같은 길을 걷는 자이언트 작가님들께 감사드린다. 그리고 독서하고 글 쓰는 교사로 성장할 수 있도록 동기부여 해 준 자기 경영 노트 성장연구소 김진수 선생님, 배정화 선생님, 최정윤 선생님, 그리고 여름내 함께 글쓰기에 매진한 자경노 선생님들께 감사의 마음을 전한다. 개인 저서가 나오기를 응원하며 뚜벅이 아내의 기사를 자처해 준 남편과 엄마가 글 쓰는 시간 열렬히 응원해 준 딸 글고운, 아들 찬누리에게 이 자리를 빌어 사랑한다고 말하고 싶다.

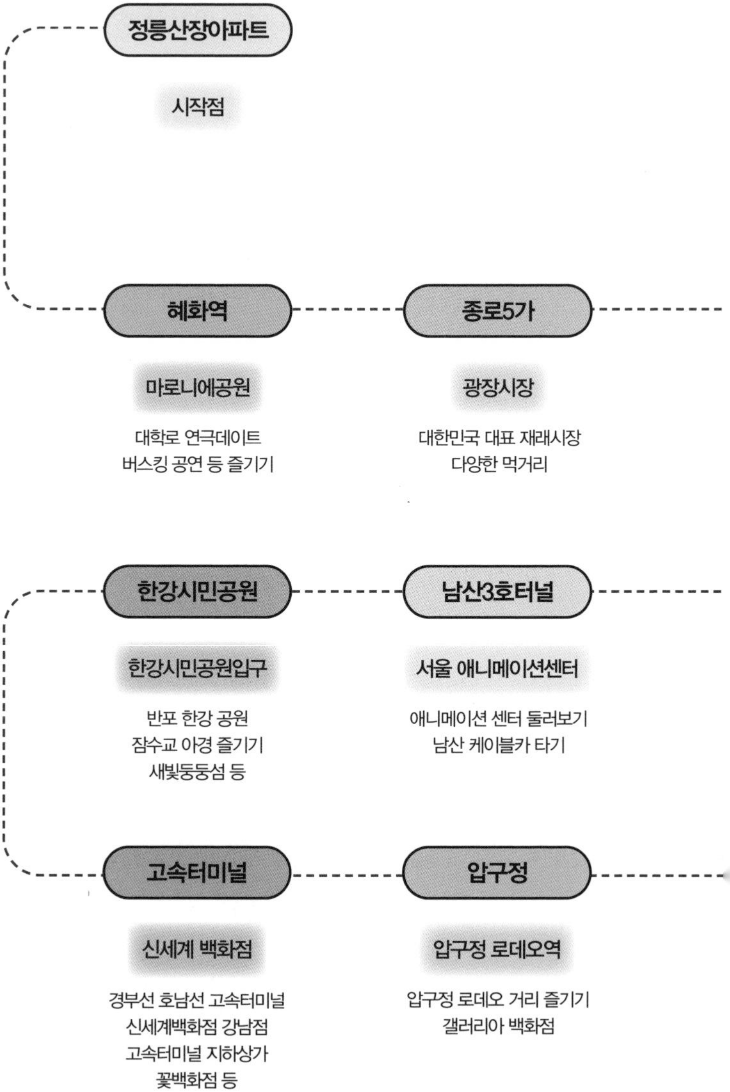

정릉산장아파트

시작점

혜화역

마로니에공원

대학로 연극데이트
버스킹 공연 등 즐기기

종로5가

광장시장

대한민국 대표 재래시장
다양한 먹거리

한강시민공원

한강시민공원입구

반포 한강 공원
잠수교 야경 즐기기
새빛둥둥섬 등

남산3호터널

서울 애니메이션센터

애니메이션 센터 둘러보기
남산 케이블카 타기

고속터미널

신세계 백화점

경부선 호남선 고속터미널
신세계백화점 강남점
고속터미널 지하상가
꽃백화점 등

압구정

압구정 로데오역

압구정 로데오 거리 즐기기
갤러리아 백화점

143번 노선도 볼거리

종묘

창덕궁 창경궁

조선시대 왕과 왕비의 사당
세계문화유산
조선시대 궁궐

탑골공원

서울 최초의 근대 공원

우리 민족의 독립 정신이
살아 숨쉬는 탑골공원

우리은행

우리은행 종로지점

1909년 7월 3일에 지어진
우리나라 은행 최초의
근대 건축물

롯데백화점

롯데 영프라자

지상 7층 지하 1층의
문화복합몰

삼성역

코엑스몰

별마당도서관
무역센터
복합문화공간

레미안블레스티지아파트

개포동

회차